राकेश कुमार सिंह

राकेश कुमार सिंह केंद्रीय रिजर्व पुलिस बल (CRPF) में सेवारत अधिकारी हैं। उन्होंने फ़िक्शन और नॉन-फ़िक्शन दोनों तरह की छह किताबें लिखी हैं। विषय पुलिसिंग के तरीक़े से लेकर नक्सलवाद तक हैं। उन्होंने उपन्यास भी लिखे हैं। उनके उपन्यासों कलर्स ऑफ रेड (2021) और लॉकडाउन लव (2022) को ख़ूब सराहा गया। उन्होंने विविध विषयों पर प्रमुख समाचार पत्रों और पत्रिकाओं में सौ से अधिक लेख भी लिखे हैं। सीआरपीएफ में अपनी अट्ठाईस साल की सेवा में उन्हें सरकार द्वारा कई पदकों और प्रशस्ति पत्रों से सम्मानित किया गया है। उन्होंने नक्सलवाद से प्रभावित बस्तर में दंतेवाड़ा जैसे क्षेत्रों के अलावा कश्मीर और उत्तर-पूर्व जैसे संघर्ष क्षेत्रों में सेवा की है। वह पुलिस अकादमियों में विशेषज्ञ के रूप में कार्य करते हैं। उन्हें 2011 में उनकी किताब 'नक्सलवाड़ और पुलिस की भूमिका' और 2021 में 'नक्सलवाड़-अनकहा सच' के लिए प्रतिष्ठित गोविंद वल्लभ पंत पुरस्कार मिला है।

एक घूँट चाँदनी

राकेश कुमार सिंह

प्रथम संस्करण: 2023

ISBN: 979-8-88975-946-1

मूल्य: ₹ 130/-

प्रकाशक: प्रतिबिम्ब, नोशन प्रेस का उपक्रम
संपर्क: नोशन प्रेस,
7, मांटिएथ रोड
एग्मोरे, चेन्नई, तमिलनाडु – 600008

Ek Ghoont Chaandani
Novel by Rakesh Kumar Singh

शगुन को

जिसके साथ मेरे विस्तार खुले

और स्वप्न-भर आकाश बनता गया...

मैं कगारों को तोड़ नई पराकाष्ठाओं के हमराह चला!

भूमिका

पता नहीं मुझे ऐसा क्यों लगता है कि जीवन में प्रेम भी समय की कसौटी पर खरा नहीं उतरता है! इसकी भी अब अनुभूति होने लगी है कि जो कभी 'चिर नवीन' सी लगती रही है, वह एक समय बाद परवर्ती लगने लगती है। ऐसे में प्यार के दिनों की गूँज, गाथा एवं गति को संचित कर चिरस्मरणीय बनाने की इच्छा मेरे मन में जागी। एक अंतराल के बाद तो वह कल्पना-शक्ति भी नहीं रह पाती कि उन स्वप्निल दिनों को स्मृति में चित्रित किया जा सके। मुझे यह भी लगता है कि मैं थोड़ा ज़्यादा भावुक हूं और प्रेम में भावनात्मक तौर पर समर्पित हूं। जीवन के इस मोड़ पर किसी प्रकार के धन, पद, लाभ या यश से ज़्यादा मैं सिर्फ़ और सिर्फ़ प्रेम की कामना करता हूं। वक़्त सबकुछ को परखता है- रिश्तों और संबंधों को भी, दोस्तों और परिस्थितियों को भी। वह हर चीज़ की सार्थकता पर प्रश्नचिह्न लगा देता है। ख़ुशियों और आंसुओं को भी तौलता है। ऐसे में जीवन में जब-जब, जैसा-जैसा आया वैसी ही अनुभूति को लिखकर स्मरणीय बनाने का मैंने एक लक्ष्य साधा और उसकी परिणति यह कृति है। कुछ हक़ीक़त-सा, तो बहुत कुछ मेरे सपनों की दुनिया का। बहुत-कुछ वैसा जैसा ताना-बाना मैंने बुनना चाहा।

आत्मानुभूति के अनेक रंग और रेखाएं हैं और यह सब बहुत सहज नहीं हैं। कभी-कभी अवचेतन की स्मृतियां उदास करती हैं तो कभी भविष्य की चेतना रुला ही देती है। प्रेम की, प्रेम में प्रतीक्षा की, प्रेम में परिस्थितियों की तथा प्रेम में सफलता और विफलता की- यह सब एक वैचारिक स्थिति है जो जीवन में अनेक दर्शनों से रूबरू कराती है। लेकिन एक तथ्य यह भी है कि प्रेम हर किसी के जीवन की प्राथमिकता नहीं है। ख़ुशियों को पाने के लिए रचनाशीलता नहीं हैं। वे वह सबकुछ पाने के लिए समर्पित हैं जो उनके प्रेमाकुल और आनन्दित होने में बहुत सहायक नहीं है। मुझे आश्चर्य तो तब होता है जब लोग मामूली नौकरी को भी जीवन में ज़्यादा तरजीह देते हैं तथा अपनी तथाकथित सामाजिक मंडली के लिए दिखावे की ज़िन्दगी- जो सच्चाई से कोसों दूर होती

है; को ही जीते रहना ठीक समझते हैं। मैं ऐसा प्रायः कम ही कर पाता हूं, इसलिए लोगों को नापसंद भी हूं।

इस कृति को लक्षित करने में मेरे दोस्त परमा शिवन् का बहुत ही सहयोग और समर्पण रहा है। उनकी आलोचना, उत्साहवर्धन और कभी-कभी उपहास भी मेरे लिए प्रेरणास्त्रोत रहा। उन्होंने अपनी भाषा-शैली से इस कृति को निख़ारा भी। हम बहुत बातों पर असहमत रहे लेकिन मेरी स्वतंत्रता का उन्होंने सम्मान किया। उनके प्रति हृदय से आभार।

परिवार में पत्नी शगुन, पुत्री शुभांगी और पुत्र आदित्य को कभी अपने समय छिन जाने की निष्ठुरता के लिए लेकिन ज़्यादातर समय परिवेश को सृजनशील बनाए रखने के लिए स्नेह। माता-पिता के आशीर्वाद के लिए कृतज्ञता। यह कृति उन अमूल्य मित्रों और परिचितों को भी समर्पित है जिनके रचनात्मक एवं स्नेहपूर्ण साथ ने हमेशा प्रेरित किया तथा उन्हें भी जो कभी आकर कह दें- "मैं राधिका... मेरे हिस्से की चाँदनी मुझे दे दो!" वैसे तमाम लोगों के प्रति भी, जो प्रेम और सहृदयता का ऐसा स्वप्न देखते हैं तथा भौतिकता से दूर हृदय के धरातल पर अपनी ख़ुशियों के बीज बोते हैं।

– राकेश कुमार सिंह

अनुक्रम

आँखों की जुगलबंदी   11

इश्क़, शादी और शिकायत   17

और वह   23

वॉट्सऐप से पनपता प्रेम   26

तकरार का 'मेलोड्रामा'...   30

लिबरेशन की लपट... डिज़ायर का डंक...   33

गेम ऑफ़ लव   38

फ़िलॉसफ़ी ऑफ़ लव   39

प्यार-खालीपन का साइड इफेक्ट   44

मुझे अमृता चाहिए   48

तड़प और तृप्ति   57

प्रेमियों के गांधी   59

मिलना-जुलना और खाप   60

संवाद और संबंध   61

प्यार का पंचनामा   64

साथ साथ का अकेलापन   67

बरसात के आंसू   69

लुटियन्स दिल्ली के गलियारे   74

बड़े-बड़े घरों का अकेलापन   76

अगणित अवसादों की रात   78

विदाई या अलगाव की शुरुआत   83

प्रेम में डर-मृत्यु का भय   88

एक घूँट चाँदनी   92

आँखों की जुगलबंदी

"**आँखों** को पढ़ सकता हूं - आँखों से अब पढ़ा नहीं जाता।"

यह बोलकर मैं उसकी आँखों में ताकता रहा। दवा की स्ट्रिप के साथ मशग़ूल उसकी लम्बी और सुघड़ उंगलियाँ एकाएक आज़ाद हो गई थीं। स्ट्रिप नीचे फर्श पर गिरी पड़ी थी। आँखें एकटक थमी-सी थीं - निर्निमेष!

"जब इतना प्यार मिले तो दवाओं की क्या ज़रूरत!" लिखा, तराशा कुछ नहीं था पर आँखों में गूंजता-सा लगा। आँखें डूबी-सी लगीं, निस्सीम तरलता में डूबी हुईं।

आँखें आस-पास की हरियाली से एक बलंगगिरी पर्वत के शिखर पर बसे मंदिर से हटकर सीधे उसकी आँखों में ठिठककर मानो बसर करना चाहती हों। मंदिर की घंटी की आवाज़ दूर से धीमी होती जा रही थी तो उसकी साँसों की धड़कनों की आवाज़ और अधिक स्पष्ट हो रही थी। पर्वत पर पल रही सम्पूर्ण वनस्पति हमारे दिलों में भी प्यार के पुष्प को पल्लवित कर रही थी।

ख़ामोशी-सी तारी हो चली थी, ठिठके-ठिठके अल्फ़ाज़। अल्फ़ाज़ों के दरमियां साँसों की आवाज़ें थी। सच में जब आँखें बात करती हैं तो लगता है जुबान कंगली हो आई है। जैसे सारे शब्दकोश सीमित हो गए हों। सही और उपयुक्त शब्दों की कितनी कमी हो जाती है ऐसे वक़्त! इस प्यार को परिभाषित करें भी तो कैसे!

हर भावना को लफ़्ज़ों का जामा पहनाना उचित भी नहीं। यह संवाद तो सिर्फ़ स्पर्श, चेहरे की रूमानियत और देह के अबोले से ही पूरा होता है।

"क्यों इतना प्यार है? तुम क्यों इतने अच्छे लगते हो? देखा है अपनी उम्र को, मेरा मतलब हम दोनों की उम्र को।" शायद फिर से पूछ रही थी वह।

- "प्रेम!"
- "इंटेंसिटी?"
- या दूसरों के प्रेम को छीनने की कोशिश!
- या अपनों से प्रेम न मिलने का बदला!
- या यह 'डेस्टिनी' थी हमारा मिलन!
- या हमारे अच्छे कर्मों का फल!

"तुम सवाल पूछना कब बंद करोगी?"

अपने अंदाज़ को जितना फ़िल्मी बनाया जा सकता था, बनाते हुए मैंने पूछा। अमिताभ बच्चन के एंग्री यंग मैन के किरदार के प्रभाव से गुंजित अतीत और व्यक्तित्व गाहे-बगाहे फ़िल्मी लहज़े में बाहर आ जाते थे।

"पता नहीं, पर इस इंटेंसिटी पर यक़ीन ही नहीं होता। कभी सोचा ही नहीं, कितना भरा-सा लगता है, न ही शरद कभी इन अजाने मर्मों को छू पाया, न ही ओर किसी रिश्ते ने यह तिलिस्म तोड़ा। ऑफ़िस की आपा-धापी में तो सपनों की मोहलत तक नहीं मिल पाई।

राधिका अपने में डूबती-सी बोली जा रही थी। शायद पहले उसे इतना सोचने का भी मौका नहीं मिला। अब इस बारे में सोचना भी एक सुन्दर स्वप्न को अंजाम देने-सा लगता है।

"जानते हो, मैंने बीते बरसों में ऑफ़िस से कभी छुट्टी ही नहीं ली। अब मैं समझती हूं- मुझे डर था कि जब अकेले में ख़ुद का सामना करूंगी तो कितना डरावना होगा। भीतर से जाने क्या-क्या सवाल उमड़ पड़ेंगे, जाने कौन अछुअन टीसेगी। पिता का प्यार याद आएगा या पति की असंवेदनशीलता, भाइयों की 'चिंताएं' उद्वेलित करेंगी या ससुराल वालों की उदासीनता।"

राधिका अपनी रौ में बही जा रही थी, उसकी आवाज़ ने कमरे में चलते ए.सी. की धीमी-दबी आवाज़ को और दबा दिया था लेकिन अब खिड़की से पहाड़ पर स्थित मंदिर नहीं दिख रहा था बल्कि उसके ऊपर लगा ए.सी. जिसकी तेज़ आवाज़ भावनाओं में उत्तेजना एवं उद्वेलन के बीच और तेज़ लगने लगी थी। फिर ए.सी. से झरती ठंडी हवा की आवाज़ माहौल को डॉमिनेट करने लगी थी।

"राधिका, इट इज़ शॉकिंग!"

अपनी नज़रें राधिका पर गड़ाते हुए मैंने बोला, सांचे में उतरा बदन, तराशी नाक और अंडाकार चेहरा साथ ही यहां- वहां बिखरती ज़ुल्फ़ें। "तुम इतनी बड़ी अधिकारी, इतनी योग्य, शिक्षित, सब जगह शीर्ष पर और फिर भी इतनी दयनीयता? इतनी मजबूरियां? यू शुड हैव बीन स्ट्रेंथ टू मेनी, एन एग्ज़ाम्पल बिफ़ोर देम, बट यू आर यूअरसेल्फ़ सफ़रिंग...

तुम ज़्यादतियों को सहती रही। पति की बदतमीज़ियों को बर्दाश्त किया। "डोमेस्टिक वॉयलेंस भी- कम ऑन! टैक्स पेयर्स का इतना पैसा बर्बाद हुआ, तुम्हें शिक्षित करने और एक शीर्ष अधिकारी बनाने में! तुम क्या करोगी औरों के लिए, जब तुम ख़ुद ही कमज़ोर, और सहने पे अड़ी हो।"

सारी बातें एक सांस में ही निकल गईं। राधिका सुनती रही। उसे लेकर मेरे द्वारा इस तरह 'कंसर्न' दिखाना उसे भरता-सा लगा। स्नेह-पूरित आँखों का लगातार मुझे तकते जाना जारी रहा। लगा कि यह सिर्फ़ टकटकी नहीं है, आत्म-प्रश्नों का एक अंधड़ भी है राधिका के भीतर- 'मुझे ही क्यों मिली ऐसी बंटी-सी ज़िंदगी? कौन-सी धार्मिकता या अनुष्ठान पूरे नहीं किए थे मैंने? फिर आख़िर कहां कमी रह गई?'

राधिका विदेश मंत्रालय में उच्च अधिकारी थी, लेकिन ज़िंदगी ने उसे कड़े मुकाम दिखाए थे। शरद रॉ में था, अपरिष्कृत! उसकी नाक से बाल उखाड़ने की आदत को लेकर आए दिन नोक-झोंक होती रहती थी। कपड़ों के बारे मे उसकी अरुचि-संपन्नता और बाक़ी मामलों में उसके औसत नज़रिए ने राधिका में एक चिढ़ को जन्म दे दिया था। रही-सही कसर औरत को 'दूसरा बिस्तर' कहकर ठहाका मारने के उसके शगल ने पूरी कर दी थी। राधिका रिक्त हो गई थी। था वक़्त कभी जब उसने जी-जान से चाहा था पर धीमे-धीमे खाई गहराती चली गई। यह आदमी सारे पुल तोड़ता जा रहा है - निर्लिप्त और निस्संग। शायद ही कभी वह उस इंटेंसिटी को समझे जिसमें राधिका जीती है, सांस लेती है। हर नाज़ुक पल में वह बनैला हो उठता था, उसके नथुने फूलने लगते थे, अपनी कुंठाओं से लगातार जूझता हुआ वह हीन-ग्रंथियों में डूबता-उतरता रहता था।

सत्ता की अपनी दमक में उच्च अधिकारियों की अपनी चमक होती है। लुटियन्स दिल्ली में बड़े-बड़े मकान, सुविधाओं की प्रचुरता, और मन-माफ़िक काम की छूट

के बावजूद ख़ुशियों का न होना, अचंभित करने वाला तथ्य था जिसे सबके लिए सत्य मानना कठिन है। ख़ासकर किसी आम आदमी के लिए जो इन मंत्रालयों को शिवालय मान सारे सपनों को पूरा करने का अंतिम पड़ाव मानता है और इसमें बसने वाले अधिकारियों को शायद तैंतीस करोड़ देवी-देवताओं में गिनता है।

लेकिन इन घरों में ज़्यादातर वैसे ही लोग हैं शायद जो प्रेम और अपनत्व के भूखे हैं। भावनाओं के धरातल पर सर्वथा आधारहीन। एकान्त में सूनेपन की ज़िंदगी बसर करते। हर अपरिचित आहट इन्हें डरा देती है। राधिका कई साथियों के सूनेपन एवं कइयों के खोखलेपन के बारे में अक्सर बताया करती थी।

जब शादियां 'अरेन्ज' करके माता-पिता की मर्ज़ी से हों तो एक दूसरे को बिना समझे बंधन में बंधना पड़ता है और बाद में यही बंधन दोनों के जीवन को नाटकीय कर देता है। ऐसा नाटक जिसमें समाज की बनाई गई स्क्रिप्ट के अनुसार सिर्फ़ अपना किरदार अदा करना पड़ता है।

भावनाविहीन, प्रेम को तरसती कितनी सारी शादियां बिस्तर में सिसकियां लेते गुज़र जाती हैं। आत्महत्या को सोचते हैं पर साहस नहीं हो पाता। तब तक बच्चे हो जाते हैं, फिर पत्नी बच्चों को बड़ा करने के लिए जीती है और बच्चों के बड़े होने पर उनकी शादी और फिर उनके बच्चों के लिए।

भारतीय समाज में यह कोई नई बात नहीं। स्त्रियों के सुख और ख़ुशियों की परवाह करने की कोई परंपरा यहां सिरे से नदारद रही है। स्त्रियों के आनंद की कल्पना भी सिर्फ़ पुरुषों को सुख देने तक ही सीमित रही है।

मैंने उसकी आँखों को देखा। कई सतहें आ-जा रही थीं, एक भाषा थी जो मुखर हो उठी थी, आँख-पटल पर। 'तुम भी औरों की तरह मुझे ही दोष दोगे, तुम भी मुझे डांटोगे! मैंने पति की ज़्यादतियां सिर्फ़ उससे प्यार पाने के लिए सहीं। अब क्या जो मुझे प्यार देगा, वह मुझ पर ज़्यादतियां करेगा? क्या प्यार मेरे जीवन में इस प्रकार प्रेम-प्रताड़ना के वर्तुल में मिलेगा?'

कमरे में संवाद-स्थगन से बना मौन पसर गया था। अब संवाद भंगिमाओं और अंतस की निर्ध्वनि में संपन्न हो रहा था। आँखों और चेहरे पर हल्की उदासी की परत उभर आई थी।

मैंने खुद को संभालते और उसके भावों को पढ़ते हुए पूछा- "क्या हुआ?"

यह सवाल उससे मैं न जाने कितनी बार पूछता हूं। कभी-कभी तो मुझे पता ही नहीं चलता वह किन भावों में खो जाती है या उसे मेरी कोई बात बुरी तो नहीं लग गई। अपने दर्द, अतीत और संवेदनशील माहौल ने उसे कुछ ज़्यादा ही सशंकित बना दिया। वह कभी-कभी मज़ाक वाली बातों का भी बुरा मान जाती है। लेकिन 'क्या हुआ', मेरा यह पूछना ऐसे में उसके पनपते नकारात्मक सोच को ज़्यादातर विराम दे देता है और सचेत होकर वह प्यार में डूबने को फिर से तैयार हो जाती है।

"कुछ नहीं"- राधिका अब तक संभल चुकी थी और उसने माहौल को हल्का करने का बीड़ा उठा लिया था- "यार यह तुम जो 'र' को 'ड़' और 'ड़' को 'र' बोलते हो, कितना क्यूट लगता है!" सामान्य होने के क्रम में राधिका की 'छेड़' जग गई थी। "तुम जानते हो कि तुम ब्ल्यू नहीं 'बुलू' बोलते हो, इट्स सो स्वीट एंड दैट्स व्हाय आय स्टार्टेड लविंग दिस 'बुलु' कलर मोर।"

"अरे! अब बंद भी करो यह 'भाषा' की बारीकियाँ। मैं ऐसे ही बोलता हूं और ऐसे ही बोलूंगा। पैंतालीस वर्षों में जब यह 'एक्सेंट' नहीं बदला, अब क्या बदलेगा और अब न ही इसे बदलने का इरादा है। जो तुमको हो पसन्द वही बात कहेंगे।" बातों को फ़िल्मी सन्दर्भों या तरीकों से प्रभावी बनाकर समाप्त करने की सिफ़त का मुज़ाहिरा भी हो गया। "जानती हो, अगर जीवन में सफल हुआ तो लोग इस 'स्टाइल' की नकल करेंगे, और यही 'गँवारपना' 'इनोसेंस' से नवाज़ा जाएगा।"

फिर आँखों में लगभग घूरते हुए मैंने पूछा- "तुमको भी तो पसंद है यह, है न, बोलो न?"

"दुनिया की सारी प्रगाढ़ताएँ आलिंगन में कसने लगी थीं। परस्पर उष्मित आदिमता दोनों की देह में तरल होकर बहने लगी। चुम्बित, प्रति-चुम्बित। फुसु फ़ाश होने लगा। यह कौन-सी स्पंदना है जिसमें अस्तित्व बंध जाते है। अधरों पे अधर की रंगोली, चेहरे पर सुकून और स्नेह। राधिका प्रकृतिस्थ नहीं थी, प्रकृतितः हो रही थी। मैंने लक्ष्य किया कि गहन पलों में उसका आत्मविश्वास एवं निर्णायक शारीरिक भाव-भंगिमाओं से लरजती देह और उसके पार की चेष्टा उसके व्यक्तित्व का विस्तार ही है।

फ़िराक़ ने एक शेर यूँ लिखा है:-

'इश्क़ तौफ़ीक़ है गुनाह नहीं'

कहकर मैं उसकी बाँहों में लिपटकर उसके और करीब आ गया... और इश्क़ देहरूपी विस्तार में गुनाह कुबूल होने लगे।

अब साँसों की बारीकियां भी महसूस होने लगी थीं। एक गाढ़ेपन में मन, आत्मा, देह सब बहने लग पड़े थे।

इश्क़, शादी और शिकायत

"**प्रिय** कादम्बरी,

'इश्क में शहर हो जाना' रवीश की लिखी, इस किताब को पढ़ो, तुम्हारी वजह से ही दिल्ली मेरा शहर हो गया था।

यहां की आबो-हवा अपनी लगने लगी थी, यहां के पेड़-परिंदें उनकी उड़ानें सब कुछ! इसी शहर में खोजी थी हमने अपनी परवाज़ें और इसी दौड़ते-भागते शहर में ढूंढे थे हमने कई कोने-मिलकर!

अपना 'स्पेस' था शहर में,

और एक दूसरे के दिल में स्पेस बनाते चले गए -

बेतहाशा भीड़ में एकान्त खोजा -

और

एकान्त में प्यार।

मैंने यह पत्र उन दिनों लिखा था जब रिश्तों पर नया-नया प्रश्नचिह्न लगा। खटास बढ़ आई थी, ख़ुशियां सूख चली थीं।

जब प्यार के 'प' और 'र' के बीच में 'स्पेस' बढ़ने लगता है तो वहां पीड़ा इकट्ठा होने लगती है और हरहराता चला आता है एकान्त! जब मन और शरीर का अहंकार खत्म होता है, तो प्रेम मिलता है।

आलिंगन एवं प्रेम की अंकुठ इच्छा न रहे तो समझो प्रेम बोझिल...

रिश्ता संसद-सा त्रासद

अहं का टकराव हो तो,

फिर दिल को कोना भी नहीं मिलता,

और एकान्त में शिकवों की दुर्गन्ध

अभी दो दशक ही हुए -

ढूंढो...

देखो क्या मिलता है

प्यार तो लाल किले का दीवान-ए-ख़ास है

'कुतुब' की तरह अटल व अडिग

'लोटस टेम्पल' की तरह खिला और

पवित्र,

दिल की बस्ती तो

दिल्ली का इन्द्रप्रस्थ है-

इन्द्रधनुष है-

देखो, चाँद ला के नहीं दे सकता

यह तो केजरीवाल-सा वादा होगा

चाँदनी रात है

इसकी मिठास, इसकी शीतलता

इसकी ठंडक, इसका अद्भुत नज़ारा

देखो हम इसे तुम्हें दे सकते हैं।"

इस पत्र पर कोई खास प्रतिक्रिया नहीं दिखाई गई, जबकि मैंने सोचा था कि बरास्ते ख़त के वह जॉर्जेट का पल्लू संभालते हुए लिपट जाएगी। बांहों में बांहें डालकर और आँखों से आँखें मिलाकर कहेगी- उसे कितना प्यार है। वह कितना 'मिस' करती है। लेकिन ऐसे कोई रूमानी तेवर उसकी तरफ़ से नहीं आए अलबत्ता उसने अपनी शिकायत ही दर्ज कराई।

"बट यू डॉन्ट स्पेंड क्वॉलिटी टाइम विद मी... तुम अब प्यार से कम और नाराज़गी से ज़्यादा बातें करते हो। कभी-कभी सोचती हूं कि अगर लव-मैरिज वालों का यह हाल है तो दूसरों का क्या होगा।"- कादम्बरी में तल्ख़ी घुल रही थी।

रवीश की बातें भी आजकल अनर्गल लगने लगी हैं। पता नहीं इन पत्रकारों की 'लॉयल्टी' देश के प्रति 'अक्षुण्ण' कभी नहीं होती। यह संवेदनशील मुद्दों पर धैर्य क्यों नहीं रख पाते! क्या हर बात पर अपनी राय रखना या 'किसी की भी' राय को 'ब्रॉडकास्ट' करना इतना ज़रूरी है? कहीं न कहीं स्वार्थ है। कोई लालच या कोई अहंकार है। कोई न कोई 'स्कोर सेटल' किया जाता है। और हम दर्शक इनकी कहानियों के पात्र बनकर रह जाते हैं।

पहला-पहला प्यार था हमारा। पहली-पहली उमंगें। कॉलेज के दिनों से ही एक दूसरे को बेहद चाहते थे। सुबह साढ़े आठ बजे आँखें दिल्ली विश्वविद्यालय को जाने वाली बस 'विश्वविद्यालय स्पेशल' में मिलती थीं और तब से लेकर चार बजे लौटने वाली अंतिम 'विश्वविद्यालय स्पेशल' बस तक का समय कैसे बातों में गुज़रता था, कभी पता नहीं चला। कभी किसी और की तरफ़ देखा नहीं गया। अपने प्यार में सम्पूर्णता नज़र आती थी। अलग-अलग जाति और अलग राज्य के होने के कारण शादी में होने वाली समस्याओं से वाकिफ़ होते हुए भी बेलौस और बिंदास इश्क़-फ़रमाई जारी रही। एक मुस्कान, एक हंसी, अनायास में घुलते सायास की छुअन। ऐसे बरसों गुज़ारे थे हमने। आजकल उन्हीं दिनों की जुगाली का शगल हो रखा है।

जीवन में राधिका का आगमन संयोग से हुआ था या परिस्थितियों ने एक पैटर्न बनाया था या मेरे ही व्यक्तित्व के किसी अलक्षित आयाम ने यह सब रच डाला, निश्चयात्मक रूप से कुछ नहीं कहा जा सकता पर ऐसा लगा जैसे चीज़ें यंत्रबद्ध तरीके से 'सायमलटेनसली' घटने लगी थीं- राधिका की उपस्थिति, कादम्बरी की 'क्वॉलिटी टाइम'' की शिकायत, अपने आस-पास से ऊब और अधिक स्वतंत्रता की माँग करती स्त्रीवादी बहसों में मेरी रुचि।

"अरे! तुम फिर मुझे दोष देने लगीं। आख़िर जब नाराज़ होता हूं तो तुम ही क्या करती हो नाराज़गी को दूर करने के लिए? हर बार तो मैं ही मनाता हूं। हर कलह के बाद यही सोचा है कि क्या इतनी गहरी नींद है कि कोई हाथ मेरे हाथ पे नहीं पड़ सकता? क्या नींद इतनी भी सुनियोजित होती है जो अंगों की चेष्टाओं को नियंत्रित कर ले। मेरा मर्म तो इतनें से ही भर जाएगा लेकिन तुम्हारा अहंकार ऐसा कुछ घटने नहीं देता। शादी की सालगिरह वाले दिन हम सी.एस.ओ.आई. क्लब में डिनर पर थे। वोदका के दो पैग के बाद और नाज़ुक-नरम माहौल में अपने दुखड़े की चर्चा नें मुझे कड़वा कर दिया था और मैं भी बराबरी से प्रतिकार करनें के लिए सन्नद्ध हो चला था।

लेकिन अब वक़्त बदल गया है...साथ ही प्रेम की भाषा और प्रेमियों के मानक...

"अरे, गुस्सा तो आएगा ही न, जब आप बिन बातों के लड़ते हो, कोई बात नहीं बताते। आपके ऑफ़िस की बातें भी दूसरों से ही पता चलती है। कुछ भी नहीं बताते कि दिन भर क्या करते हो, किससे मिलते हो, क्या-क्या होता है। फिर मैं किस बात की पत्नी हूं- जब कुछ जानती ही नहीं आपके बारे में।" कादम्बरी की शिकायत 'वेग' सी थी और लगा कि उसकी रुचि मेरे कार्यालयी चाल-चलन को लेकर अधिक थी। मैं लक्ष्य नहीं कर पाया कि उसकी वास्तविक शिकायत क्या थी- ऑफ़िस की बातों से उसे अनभिज्ञ रखना, मेरे मूवमेंट की गोपनीयता या फिर कोई और 'शक़'।

"यह तुम्हारी समस्या है," ढांपते-मूंदते भी कड़वाहट रिस चली और रिसना जारी रहा- "मैं भी तो कह रहा हूं कि तुम मुझे जानती ही नहीं। शादी के बीस बरस और उसके पहले के दिनों को जोड़ा जाए तो 25 बरस के बाद भी यह कहना कि 'जानती ही नहीं'-"

'यह तुम्हारी समस्या है' की नोक ने अब कादम्बरी को भी जगा दिया था। वह अब स्थान और काल की सीमाओं से परे हो चली थी-

"या तो तुम्हारा प्यार कम हो गया है या अब तुम्हें मेरे प्यार की ज़रूरत नहीं है, तुम्हें सिर्फ़ आदत हो गई है, आदत! आय हैव बिकम ए नेसेसरी इविल फ़ॉर यू, और आपके लिए मैं क्या हूं? आपके बिस्तर की ज़रूरत- बस न! आपके बच्चों

की ज़रूरत! आपके दोस्तों और ऑफ़िस के लोगों के सामने सामाजिक ज़रूरत!"
सी.एस.ओ.आई. क्लब के पैवेलियन रेस्तराँ के एंकात कोने में कादम्बरी लोगों की
नज़रें बचाकर अपना प्रवाह प्राप्त कर रही थी। शायद ऐसी बातों और ज़रूरतों
द्वारा एक दूसरे के रिश्ते को परिचय देने का यह साहस उन अनगिनत दिन-रात
की ख़ामोशी की आवाज़ थी।

"तुम कैसी बातें करती हो। मैं तुम्हें इतना प्यार करता हूं, इतना ख़याल रखता
हूं और तुम ऐसा सोचती हो। अरे, जिस दिन मैं नहीं रहूंगा, उस दिन तुम
समझोगी, और फिर आंसुओं और सूनेपन के अलावा कुछ नहीं बचेगा। तब
तुम तरसोगी और आज मैं हूं तो कोई कद्र नहीं!" तल्ख़ी को नियंत्रित करते हुए
माहौल बचाने और किसी 'सीन' से बचने के लिए अब मेरे बचे-खुचे हथियार
निकल रहे थे।

"यह मरने-मराने की बातें क्यों करते हो? कितनी बार मना किया कि ऐसी अशुभ
बातें मत किया करो। झगड़ा अपनी जगह है, तुम्हारे बिना तो मैं जी ही नहीं
पाऊंगी, फिर बच्चों का क्या होगा।" रोते हुए वह बोली। आशंकित निरुपायता में
आवाज़ के साथ आँखें भी तरल हो आई थीं।

लौटते हुए ड्राइव करते हुए कार के गियर-बार पर रखे हाथ पर वही जाना-
पहचाना स्पर्श...वही स्पर्श की भाषा! स्पर्श की स्मृतियां।

क्या दिन थे, मोहब्बत नाज़िल होती थी। अब 'प्यार' बना दिया जाता है। क्या यह
'मैन्युफैक्चर्ड-लव' है? कॉम्प्रोमाइज़ का परिणाम या प्रेम की स्मृतियां दूरियों की
खाई को पाटती हैं, या सचमुच का ही प्रेम है जो वक़्त के थपेड़े में विघटित होता
है और फिर तुरंत मिलकर सम्पूर्ण प्यार, त्वरित प्यार, आँखों में तैरता हुआ प्यार,
देह को स्पर्श करता हुआ प्यार, आवरण-हीन प्यार!

प्रेमिल-आवेगों में कहीं भी कोई ग्लानि-बोध नहीं था, न ही कोई नैतिक दुविधा।
वैसे ही गुंथे-बंधे बेडरूम में जाया गया था। उंगलियों के कोरों में अब तक गरम
उत्तेजना संचरित हो आई थी जिसने कमर की मांसलता को घेरना शुरू कर दिया
था। वोदका के प्रभाव ने स्नायु-तंत्र को झंकृत कर रखा था। कादम्बरी एक परस्पर
आदिमता को गढ़ रही थी। जॉर्जेट का पल्लू ढुलक गया था।

यह अच्छा है। पति-पत्नी सेक्स कर लें तो समझो झगड़ा ख़त्म। या झगड़ा ख़त्म हुआ तो फ़ौरन उसके बाद सेक्स होगा। 'मिडिल-क्लास' लोग ऐसे ही होते हैं- जीवन के हर दृश्य को फ़िल्मी क्लाइमेक्स से निपटाते हुए।

ख़ैर!

रात रिश्तों को ठीक-ठाक मोड़ में लाकर बसर हुई थी। शायद फिर से सबकुछ पहले जैसे हो जाएगा की उम्मीद संजोए हुए...

और वह

"हैलो" फ़ोन में महीन और आशना आवाज़ चमक गई थी।

"कैसी हो पूर्णिमा!" मैंने गौर किया कि हर दूरभाषी-वार्ता का यही मेरा शुरुआती संवाद बन गया है। इस एकवादिता को तोड़ना होगा, तभी पूर्णिमा का जवाब भी आ गया।

"मैं ठीक हूं और तुम?"

पूर्णिमा पेशे से डॉक्टर थी और आजकल 'सेपरेटेड'। पति से तलाक़ का मुक़दमा दायर कर रखा है। मॉस्को से ढाई सौ कि.मी. उत्तर-पश्चिम में कीव हाई-वे पे स्थित सेलीवेंस्की चिकित्सा संस्थान से एम.बी.बी.एस करते हुए उसकी मुलाकात रमेश से हुई थी। रमेश, सहपाठी था और कॉलेज के हॉस्टल में न रहकर दासियास्व बस स्टैण्ड के पास दो-चार अन्य भारतीयों के साथ रहता था। तौला-मौला हाव-भाव और अपनें से काम।

एक रूसी त्योहार के मौके पर भारतीय छात्रों की पार्टी में पूर्णिमा की उससे मुलाकात हुई थी उसके बाद कॉलेज की कैटींन में साथ में कोन्याक और हैरिसन की मांग... फर के पेड़ के छितराती छाँव-धूप में खड़े होकर बे-सबब की बातें... मॉस्को के सेंट बासिल कैथेड्रल के 'प्याज़ी-गुम्बदों' की पृष्ठभूमि में फोटो-खिंचाई... सेंट पीटर्सबर्ग की हफ़्ते-भर की सैर और नेवा-किनारे से सूर्यास्त के क्षितिज का संग-साथ निहारना...पर इतनी नाजुकी से पाई ज़मीन पे गुंथी-बुनी रोमानियत फाइनली चौक-गली, सुलतानपुर, उत्तर प्रदेश के 'पूर्णिमा-संग-रमेश' के समारोह में परिणति प्राप्त हुई।

शादी के बाद अपना सारा कुछ समेटकर सजन संग पूर्णिमा शहर-ए-मजरूह आ गई। मगर 44 पाम-स्ट्रीट, राजौरी-गार्डन दिल्ली से आटा चक्की के पास, चौक-गली, सुलतानपुर की यह हिज़रत नए मलालों को जन्म देने वाली साबित हुई।

पूर्णिमा ने तो ख़ुद को मशरूफ़ कर लिया था, लिहाज़ा प्रैक्टिस अच्छी चल गई, लेकिन रमेश ने शुरू में पी.जी. का बहाना पकड़ा फिर मोहल्ले के शोहदों के साथ उठना-बैठना, नुक्कड़ की चर्चाओं में ऊँची-आवाज़ में सहभागिता, दशहरा-जुलूस का सर्वेसर्वा और अंतिम रूप से देर रातों की कलह में उसने अपना सर्वस्व लगा दिया।

समय के साथ बढ़ते निठल्लेपन के प्रख्यात भारतीय उपोत्पाद के रूप में घर में दो लक्ष्मियाँ भी आ गईं मगर निठल्लेपन से जन्मी आक्रामकता और उसकी ज़्यादतियां कम न हुईं। अब तक सब असहनीय हो चला था- बेटियों की ख़ातिर पूर्णिमा ने निभाने में ही सबकी भलाई सोची पर गाहे-बगाहे बेटियों पे हाथ उठाना उसे गवारा न हुआ और वह बरस-भर पहले बेटियों के साथ सुलतानपुर छोड़कर अपने माता-पिता के पास दिल्ली चली आई और चार महीने बीतते न बीतते दक्षिणी-दिल्ली के जिला अस्पताल में चिकित्सा-अधिकारी के रूप में बहाल भी हो गई।

लेकिन 'कोन्याक-वीर' उसे अब भी फ़ोन पर धमकाता और परेशान करता। इन्हीं परेशानियों और मानसिक अप्रीतियों ने पूर्णिमा को ओशो आश्रम में 'ध्यान' के लिए प्रेरित किया। जब उससे एक दिन मेरी मुलाकात हुई थी और मैंने सहृदयतापूर्वक उसके 'ध्यान' की वजह पूछ ली थी।

ओशो आश्रम में बुद्धा सभागार में 'डायनामिक मेडिटेशन' से लेकर शाम में 'साइलेंस मेडिटेशन' तक उसकी बिख़रती जुल्फे, छरहरा बदन, आँखों में तेज, ऊँची कद-काठी बस यही दिक्कत थी। वह एक आकर्षक युवती थी, सुंदर थी। मन को तो पहली नज़र में भा गई थी। लगा कि महिला मित्र कोई हो तो ऐसी ही होनी चाहिए। यह सब कुछ कोई पांच बरस पहले हुआ था।

"वैसा ही हूं जैसा था। तलाशता हुआ...क्या तलाश है, मुझे ख़ुद नहीं मालूम। अलबत्ता जैसे तुम रमेश के बाद किसी तलाश में मुझे ओशो आश्रम में मिली थी वैसे ही मैं सामान्य से ऊबकर नए को तलाश रहा हूं- कुछ नया।" मैं उसके सवाल का जवाब दे रहा था।

"क्यों?" सपाट-सा सवाल फिर आया।

"क्योंकि पुराने को तराशना मुझसे नहीं होता।" मैंने कहा।

"क्या होगा जी! आशिक मिज़ाज लोग इतने हताश! ऐसे कैसे।"

"तो क्या करें? जिससे इश्क़ करो वही संन्यास ले लेता है- 'सेलिब्रेट' हो जाता है या 'सेलेब्रिटी'। चलो छोड़ो। यह बताओ पढ़ाई कैसी चल रही है! पी.जी. क्वालीफ़ाई कर लोगी न! कर लो पी.जी., बन जाओ बड़ी डॉक्टर। और शिखर पर पहुंचने के बाद जब लोगों से दूरियां बन जाएंगी तो शायद इस नाचीज़ की याद आ जाए।"

"अरे यार! समझ नहीं आ रहा है दुआएं दे रहे हो या मज़ाक उड़ा रहे हो।" पूर्णिमा ने शिकायती लहज़े में कहा।

आजकल पूर्णिमा अपने और बेटियों के भविष्य को लेकर काफ़ी चिंतित रहने लगी थी। फिर अचानक ही नौकरी छोड़कर निर्णय लिया की पी.जी. करना ही सबसे अच्छा होगा भविष्य के लिए, उसके करियर के लिए, आमदनी के लिए और सबसे अधिक जीवन के लिए।

यह शास्त्रीय या प्रचलित अर्थों में प्यार नहीं था अलबत्ता बात स्त्री-पुरुष की एक पहचान के रूप में शुरू हुई थी- दोस्ती! हां दोस्ती! पर एक स्त्री-पुरुष की दोस्ती जिसमें देह घूम-फिरकर आ ही जाती है-कभी पूर्णिमा की सुंदर गोरी एवं मांसल देह को भी इस दोस्ती में आना था। इस उम्र में भी उसके शरीर के आंकड़े मॉडलों जैसे थे। उसकी उपस्थिति में मेरे बदन में कामुकता लहलहाती थी। उसपर उसके ठोस वक्ष का कसाव, कई बार सब कुछ हाथों में भर लेने की इच्छा जागी। कथित ध्यान के पलों में भी उसकी अनावृत देह ही चेतना में टंगी रहती थी। मरमरी पलों की कल्पना ने मानस में अच्छी-खासी जगह घेर रखी थी। कशिश का यह आलम बढ़ता ही गया जिसके अंजाम में दो-चार सुनहरी रातें भी आ गईं।

पर सब कुछ बिस्तर तक ही महदूद नहीं था- हम अपनी परेशानियों को 'शेयर' करते, एक-दूसरे को सुझाव देते और गाहे-बगाहे ओशो पर बातें। मेरी तो कोई ऐसी परेशानी नहीं थी लेकिन उसकी परेशानियों को दूर करने का मेरा एक सहानुभूति भरा और निश्छल मन तो करता था। मुझे लगा देह को छोड़कर प्यार अब 'प्लेटॉनिक' विस्तार ले रहा है।

पर यह सब राधिका बनर्जी के जीवन में आने से पहले हुआ था।

वॉट्सऐप से पनपता प्रेम

'**वी** आर नॉट फॉर ईच अदर,

वी आर ऑफ़ ईच अदर...'

वॉट्सऐप इन दिनों एक नया आविष्कार बनकर उभरा है। एक नया माध्यम हमारे बीच या तो संग-साथ उठना-बैठना, सोना या फिर वॉट्सऐप के माध्यम से यहां-वहां की बातें, दुनिया-जहान की बातें। यद्यपि उन बातों का प्रैक्टिकल मूल्य बहुत कम होता था फिर भी वे अपना भावनात्मक-मूल्य तो रखती ही थीं।

मैं भी सायास अपनी भाषा ख़ासकर शब्दों के चयन से राधिका के संग माहौल को रूमानी रखता। मुझे कई बार लगा भी कि उसे शब्द भाते हैं, भाषा खींचती है, बदन के सिवा भी कुछ खींचता है तभी 'आंधी' का यह वाकया उसने कह सुनाया था- जब सुचित्रा संजीव से कहती है- 'यदि तुम्हारी यह कविता नहीं होती न, तो बहुत ही मामूली आदमी होते।'

तब मैंने रिप्लाई किया था- 'सिर्फ़ दो चीज़ें ही संसार में अमर रहती हैं- शब्द और स्मृति। बोले या लिखे शब्द और समय का साक्षी होते रहने की स्मृति समय की स्मृति में रहती हैं सारी प्रगाढ़ताएँ, जैसे प्रगाढ़ताओं की स्मृति में रहता है समय।'

जब व्यक्ति एक-दूसरे के पास नहीं होगा तो शब्दों और स्मृतियों का यह अमरत्व उसे सुख पहुंचाएगा या वेदना? अच्छे पलों से बिछड़ने पर उसकी अच्छाइयां भी पीड़ा ही पहुंचाती हैं।

फिर प्यार के सुनहरे पल, चेहरे पर मुस्कान एवं अगणित सुखद स्मरणों को मन की सतह पर ज्वार-भाटे की तरह उभारते हैं तो तुरंत ही गुरुत्वाकर्षण के प्रभाव की तरह धरती की गोद में समाकर दुःखों के बादल को उमड़ने-घुमड़ने के लिए छोड़ देते हैं।

प्यार का सिलसिला पहले नज़रों से शुरू होता था। आँखें मिलती थीं। आँखें चार होती थी। आँखों ही आँखों में इशारा होता था। आँखों का मटकना शुरू होता था। फिर प्रेमी-प्रेमिका एक-दूसरे की आँखों का तारा होते थे। आँखों से बाण चलाए जाते थे जो दिल पर लगते थे और प्रेम का रस फूट पड़ता था। आँखों में मानो सारी दुनिया ही बस जाती थी। आँखों में मस्तियाँ होती थी, शरारत होती थी, इक़रार होता था तो इंकार भी। आँख ही दुनिया और दुनिया का प्रसार आँखों तक सीमित।

क्या है यह भावना जो इष्ट को मूर्त चाहती है? जो आराध्य में आकार चाहती है तो क्या प्रेम ही भक्ति का उत्स है? आख़िर किस भाव ने ईश्वर को रूपाकृत कर डाला। प्रेम का ही कोइ कोई रूप होगा कोई रूप होगा, कोई विभेद, कोई आयाम जिसने अमूर्त को भी व्यक्त कर दिया।

राधिका ने मेरे चिंतन के भावों को आँखों में पढ़ते हुए पूछा कि तुमने तो पहले भी प्रेम किया है। क्या इन सभी भावों को पहले भी तुमने वैसे ही अनुभव किया था जैसे आज कर रहे हो- 'प्यार में आँखों का चार हो जाना।'

"हुम्म, शायद ऐसा ही हुआ था!"- शुरू में मैं सवाल पर अचकचा गया था मगर फिर सम्हलते हुए गंभीर स्वर में बोला।

आँखों से आप सिर्फ़ दर्शन नहीं करते, देखने के साथ-साथ अदेखे को भी इन्हीं आँखों से देखना पड़ता है, आँखें पार ले जाती हैं, आँखें साक्षी होती हैं- आपकी सुंदरता की, भोलेपन की, यौवन की। तो साथ ही आपकी ईर्ष्या, वैमनस्यता एवं घृणा की कुरूपता भी यहां झलक जाती है।

"अरे-अरे तुमने तो बरसात के इस रोमांटिक मौसम में गंभीर बातें यूँ शुरू कर दीं जैसे यह बूंदें पूना शहर में बरसें तो रोमांस और मुंबई में बरसें तो शहरियों का जीना दूभर। जान का जंजाल।" राधिका ने चुटकी ली।

"नहीं रे राधिके! यह शब्दों से जो सिलसिला चला था वह अब आँखों में समा गया है। आँखें सिनेमा के परदे की तरह सारी कहानियाँ कह रही होती हैं या कहती हैं कि तुम इन आँखों में बस ही जाओ अब। गहराइयां देखो हमारे प्यार की तरह हैं।"

सोशल मीडिया के फेसबुक, वॉट्सऐप, हाइक के ज़माने में प्यार अक्सर शब्दों से शुरू होता है।

आप कहते हैं- 'हाय'।

जवाब होता है 'हाय'।

स्टेटस होता है- स्माइल का इमोशन।

फिर एच.आर.यू. एल.ओ. से होते-होते 'लविंग इट' जैसे शब्दों से प्यार की छोटी से छोटी भावनाओं को 'कैच' कर 'आय.एल.यू' से 'सेंड' कर दिया जाता है।

कुछ दिनों 'लविंग इट, लाइकिंग इट, फ़ीलिंग बीइंग इन लव' से "ब्लेसड इन लव" स्टेटस होता जाता है।

दुनिया तेज़ी से बदल रही है।

यदि आप दुनिया की परवाह किए बग़ैर बस में, ट्रेन में, ऑफ़िस में, क्लास में कहीं भी फ़ोन पर मैसेज पर मैसेज किए जा रहे हैं तथा 'नेट' के न मिलने पर टेलीफ़ोन विभाग के सेवक से लेकर देश के प्रधानसेवक तक को गालियां निकालने लगते हैं तो समझ लीजिए आप प्रेम में हैं।

ऐसे किसी प्रेमिल व्यक्ति द्वारा किसी 'नेटवर्क' के अभाव में गालियां निकालना या देश को कोसने के हक को अब संवैधानिक बना देना चाहिए।

आश्चर्य नहीं कि ऐसे ही मुफ़्त 'वाई-फ़ाई' (जिसको सहारा बनाकर लोग वाइफ़ को ढूंढते हैं या दूसरे की वाइफ़ से जुड़ते भी हैं) का वादा कर राजनीतिक पार्टियां सत्तासीन होने लगी हैं।

आज यह बातें मुझे और राधिका को इसलिए याद आ रही है, क्योंकि हमारे प्यार का सिलसिला भी लम्बी यात्राओं एवं छुट्टियों के दौरान 'वॉट्सऐप' पर चैटिंग से ही शुरू हुआ था।

15 अगस्त को जब देश अपनी स्वतंत्रता का उल्लास मना रहा था, उसी दिन हम भी अपने दिलों को समाज की रूढ़ियों एवं परम्पराओं से स्वतंत्र कर एक-दूसरे

के अधीन करते जा रहे थे। कार का लंबा सफ़र धीरे-धीरे प्यार का सफ़रनामा बनता जा रहा था।

शुरुआत वैसे ही जैसे कहते हैं कि सोशल मीडिया का अपना 'एटिकेट' होता है- एक सलीका होता है, एक तहज़ीब होती है।

फिर 'चैटिंग' लंबे समय तक होती है।

पहले टाइम पास करने के लिए फिर 'टाइम टू टाइम' 'पैशन' जुड़ता जाता है, उसको पास करने के लिए।

फिर पास किए गए टाइम से 'पैशन' जगाने के लिए। फिर 'पैशन' से शुद्ध प्रेम पर आना। और प्रेम का संप्रेषण शब्दों द्वारा, भावचिह्नों (भावसूचकों) द्वारा।

वह हँसी, वह ठिठोली, वह रूठना, वह मुस्कुराना, वह आश्चर्य, वह दुःख, वह वेदना, वह चुंबन, वह आलिंगन, वह चुप होना, गुस्से में लाल होना और गांधी जी के तीन बंदर हो जाना। सब कुछ का 'सिंबल' है, प्रतीक है, चिह्न है।

सब कुछ वैसे ही संप्रेषित होता है- अजीब है!

यह संचार के सतयुग का ज़माना है।

तकरार का 'मेलोड्रामा'...

प्यार में यही सबसे बड़ी बाधा है? कहीं न कहीं तकरार के मेलोड्रामा की फ़िलॉसफ़ी रिश्तों पर हावी होने लगती है।

राधिका ने पति के बारे में कहना जारी रखा- "लेकिन वह हमेशा कम्यूनिकेशन बंद कर देता है।"

"नो! बट इट्स यू हू डिस्कनेक्टेड द फ़ोन, वेरी सैड बट ही डिड नॉट सेड, व्हाट आइ एक्सपेक्टेड हिम टू से- हाउ कैन यू पुट वर्ड्स इन अदर्स माउथ इवन इफ़ ही इज़ योर हस्बैंड? हाउ ह्मन बीइंग आर डिफरेंट एंड दैट्स हाउ गॉड हैज़ क्रिएटेड आल ऑफ़ अस" मैंने समझाने का प्रयास किया।

"ओह शिट! एंड देट हाउ यू रेसेम्बल माय हस्बैंड एग्ज़ैक्टली द सेम वर्ड्स" राधिका बिफर रही थी गुस्से में- "तुम भी मुझे डांटते रहते हो।"

"अरे, यह डांटना कहां हुआ राधिका!" मैंने समझाते हुए कहा।

राधिका ने आज दूसरा ही मूड पकड़ा हुआ था जिसे मैं नहीं पकड़ पा रहा था- "यू वॉन्ट मी टू सफ़र, आय गेट हर्ट व्हेन समवन ब्लेम्स मी, यू हैव चेंज्ड फॉर श्योर..." अपने विस्फोट के आख़िरी पायादन तक पहुँचते-पहुँचते राधिका रुआंसी हो चली थी, मगर उसने बोलना जारी रखा- "अब तुम्हारी ढलान दिख पड़ती है, एक ऊब नोटिस हो रही है तुम्हें। मुझसे, मेरे शरीर, मेरी बातों से मन भर गया है तुम्हारा। बहुत दिन हो गए न! अब तुम्हें सिर्फ़ मेरी कमियां ही नज़र आती हैं। तुम मुझे 'ब्लेम' करने के बहाने ढूंढते रहते हो।" राधिका बोलती ही जा रही थी। थोड़ी देर के लिए वह सांस लेने के लिए रुकी और मेरे हैरान-परेशान चेहरे की तरफ़ देखा। मैं अवाक् था! लेकिन

जैसे ही इन बातों के प्रति-उत्तर में कुछ कहना चाहा, राधिका फिर बोल उठी-

"तुम सबको अपनी ही पड़ी रहती है। 'नोबडी केयर्स फ़ॉर माई इमोशन्स, माई कन्सर्न, माइ फ़ीलिंग्स। मैं पच्चीस बरसों से उसके प्यार को तरस गई हूं। उससे अच्छे तरीके से बातें करने के लिए। उसकी बांहों में बांहें डालकर प्रेम करने के लिए। लेकिन उसका बात करने का ढंग- हे भगवान! कितना रूखा और 'क्रूड' है।"

"राधिका तुमने के.जी. मार्ग पर 'अंतरिक्ष भवन' देखा है?" मैंने पूछा।

"हां।" मेरे बिलकुल असंदर्भित प्रश्न ने उसके चेहरे पर रोष की तनी रेखाओं के बीच असमंजस की रेखाएं भी खींच दीं।

अक्सर जब आप ख़फ़ा होते हैं तो पति या पत्नी के बारे में सारी अनकही खीझ, मन के संताप एंव पीड़ा को एक पल में ही याद कर सब कुछ बस बोल देना चाहते हैं। लगता है इससे बुरा तो कुछ हुआ ही नहीं था। सब कुछ को छलावा ओर भ्रम मानने का मन करने लगता है। यह आक्रोश होता है-लेकिन शायद क्षणिक ही!

और एसे क्षणों की सबसे बड़ी कमज़ोरी है कि आपकी शिकायत वर्तमान तक सीमित न रहकर, अतीत के सारे कड़वे वाकयात को याद कर उगल देने की होती है। सारी मनहूस बातें फिर दोहराई जाती हैं और ज़ख़्म और गहरा हो जाता है, अचेतन में ही सही।

"उस पर चढ़ जाओ और तेरहवीं मंज़िल से कूद जाओ। समस्याएं ख़त्म।" मैंने सपाट लहज़े में कहा।

"अरे"- आश्चर्य से राधिका ने कहा- "मैं कमज़ोर नहीं हूं, जो मरूं।"

"लेकिन समय और हालात के साथ नहीं बदलना भी मौत की तरह ही है। तुममें न तो इतना नैतिक साहस है और न ही मानसिक रूप से बदलाव की ताकत कि बदलाव को स्वीकार करो।"- बात मुझसे भी छूट नहीं रही थी।

"सो यू वुड नॉट जस्ट हर्ट मी बट विल फाइट टू, तुमने यह डिसाइड कर लिया है। तुमको अब लड़ना है। तुम अब 'एग्ज़ैक्टली' मेरे हसबैंड की तरह ही 'बिहेव' करोगे। 'बट, क्वाई टू फाइट'? छोड़ दो मुझे। मैं अपने दुःखों पर ख़ुद ही काबू पा लूंगी और जी भी लूंगी।"

"कम ऑन! डोन्ट बी मेलोड्रमैटिक।"

मैं जानता हूं तुमने फ़िल्म इंस्टीट्यूट से 'फ़िल्म अप्रीशिएसन' का कोर्स किया है। लेकिन यह ड्रामा नहीं है। माना कि यह जीवन, इसका तिलिस्म हमे रंगमंच का पात्र बनाता है जिसकी धारा पूर्व-नियत होती है लेकिन फिर भी जीवन में नाटक करना नहीं होता, हां नाटकीय मोड़ ज़रूर आते हैं।"

लिबरेशन की लपट... डिज़ायर का डंक...

"**यू** हैव एम्पावर्ड मी नाऊ, व्हेयर आय कैन डेयर टू स्लीप विद अ मेन हूम आय डिज़ायर ऑर व्हेनएवर आय फ़ील लाइक।"

राधिका ने हँसते हुए फ़ोन पर कहा, लेकिन बात की नोक मेरे भीतर उतरती चली गई।

"क्या!" मैं विस्मित होकर इतना ही बोल पाया, अन्दर का डर अब फैलने लगा था।

"यस अर्लियर आय नेवर न्यू द नीड्स ऑफ़ माय बॉडी। यू हैव अवेकंड माय फ़िज़िकल बीइंग। ईच एंड एवरी पार्ट ऑफ़ माय बॉडी क्रेव्स। द नीड हैज़ एक्सपेंडेड।

राधिका ने आज दूसरी ही दिशा खोल दी थी। मेरे मुंह से सिर्फ़ 'हुम्म' ही निकल पाया।

सोचने लगा कि ख़ुद ने ऐसी कौन सी फ़िलॉसफ़ी बघारी थी राधिका के सामने कि अब अपनी प्रेमिका ही ज़्यादा ही 'मॉड' हो आई थी। शायद इन बातों को 'इमप्रैक्टिकली' कहने के पीछे राधिका से शारीरिक संबंध बनाने की मंशा रही हो जिससे कि उसके विचार 'लिबरल' हो जाएँ। उसकी लालसा बढ़े और मन में कोई नैतिक-द्वंद्व न रहे जिससे वह मानसिक तौर पर मेरे साथ रातनशीं होने में झिझके या डरे नहीं। लेकिन लगता है 'कन्विंस' करने के चक्कर में कुछ ज़्यादा ही फंडे दे दिए। इतना बड़ा परिवर्तन कि शरीर की लालसा को वह किसी के साथ भी पूरा कर ले।

"राधिका, क्या तुम सचमुच ऐसा कर सकती हो।" मैं दोबारा फ़ोन पर आ गया था...

"हम्म, कर भी सकती हूं। पहले कॉन्सेप्ट नहीं था। मेरे सबकॉनशियस में, थॉट्स में। इट्स यू हैव प्लांटेड सच थिंग्स इन माय माइंड, सो वेल! आफ्टर

ऑल इट्स ओनली वन्स यू लिव एंड यू लिव हैप्पिली।” ऐसा लगा जैसे राधिका के सारे के सारे नैतिक द्वंद्व चरमराने लगे थे और तत्क्षण मेरे 'पुरुष' को नैतिक द्वंद्व बहाने लगे थे। एक व्यवस्था के रूप में यह समाज में ज़रूरी भी है। हर मौके पर ऐसी मान्यता का तीखा प्रतिकार करने वाला मैं आज इसी मान्यता की आड़ में था।

“हैप्पिली, यस यस श्योर।” मैंने स्वर को यथासम्भव नियंत्रित करते हुए कहा, “दिस इज़ द राइट फ़िलॉसफ़ी ऑफ़ लाइफ़। वन शुड बी फोक्सड टू बी हैप्पी।” उसे न लगने लगे कि उसके भरभराते नैतिक द्वंद्वों ने मुझमें अप्रियता घोल दी है, और फिर कहता हूं, यह हैप्पीनेस पावर, पैसे से नहीं आती यह तो मन को ख़ुश रखने से आती है। अपनी भवनाओं पर काबू पाते हुए मैंने कहा।

'हैप्पीनेस' मेरे लिए कैसी होगी, अगर राधिका का प्रेम कम हो जाए, या वह किसी और को चाहने लगे और इसे मेरे ही शब्दों में 'जस्टीफाई' भी करे। किसी और को प्रेम करने से किसी और के प्रति प्रेम कम हो जाए तो? ऐसा नहीं होता। प्रेम तो अपने आप में संपूर्ण होता है। और जिसके हृदय में प्रेम होता है वह लोगों से प्रेम ही तो 'शेयर' करेगा, उसे ही बांटेगा या फैलाएगा। प्रेम तो कहते ही हैं एक-दूसरे के मन के समझने को, परस्पर मनों की आज़ादी, मनों को दिगंत तक फैलाने को, विचारों की आज़ादी को पंख देने को। प्रेम तो है 'जॉयस' होने के लिए। अंदर ही अंदर एक अध्वनि का संसार था, कहीं पढ़ी हुई मोहन राकेश की सतरें भी मानस पर कौंध गईं- 'प्रेम के लिए विशाल हृदय ही नहीं विशाल मस्तिष्क भी चाहिए होता है।'

लेकिन इसकी इस बात को सुनकर मैं 'जॉयस' नहीं 'जेलस' महसूस कर रहा था। कुछ थका-थका सा और 'चीटेड' फ़ील कर रहा था। राधिका ने ऐसा क्यों बोला या सोचा! इतना प्यार करने के बाद भी उसे कुछ कमी महसूस हो रही है!

प्रेम में कुछ भी कहा जाए पर मैं जीवन और उसकी धरा पर ओशो के प्रभाव से इंकार नहीं करता। दो-चार बार उनके आश्रम के उन्मुक्त वातावरण का अनुभव और मेडिटेशन भी किया है। यहां तक कि ओशो को पढ़ने की सलाह हर मुलाकात की अंतिम समझाइश-सी बन गई है। याद करूँ तो सिलसिला तेरह की कसमसाती उम्र से ही शुरू हो गया था जब कसबे में हेलन और बिंदु

जैसी अंग-प्रदर्शना सिने-तारिकाओं के जैसे ही ओशो को भी घरों में वर्जित माना जाता था। नसें भीगने-भीगने को आ रही थी कि तभी से उनके दर्शन में आस्था जागी। पर अब सोचता हूं, क्या यह विश्वास सिर्फ़ समाज के सामने विद्रोही के रूप में आकर एक सम्मान या अलग जाने की मंशा भर थी या सचमुच सत्य की खोज या अपने स्वच्छंद भविष्य को ही बुना जा रहा था।

"किस सोच में डूब गए। क्यों मैं कुछ गलत बोल रही हूं।" राधिका के स्वर में तंज नहीं था वह अब भी फ़ोन पर बनी हुई थी। हां, उसकी आवाज़ में एक खनकी बनी हुई थी जो 'लिब्रलाइज़्ड सेक्शुअल एडवेन्चरिज़्म' के समय महसूस की गई थी।

"नहीं, कुछ नहीं सोच रहा, लेकिन पता नहीं तुम्हारी यह बात सुनने में अच्छी नहीं लगी, समझता हूं, यह तुम एकैडमिकली डिस्कस कर रही हो, पर न जाने तुम ऐसा क्यों करोगी! ऐसा करने की ज़रूरत ही क्या?" मैंने पूछा।

"अरे, आय ओनली सेड, इट कुड हैपेन। नॉट दैट इट्स हैपनिंग। शायद जब तुम न हो और तुम्हें मेरा शरीर इस तरह मिस करे जैसा आज कर रहा था तो मुझे लगता है कि कुछ भी संभव है।" राधिका ने बड़े ही दार्शनिक अंदाज़ में कहा।

शरीर को इच्छाओं से स्वतंत्र होना तो बुद्धत्व प्राप्त करना हुआ। इच्छाओं का सम्मान तो मनुष्य की पहली नियति है। इच्छाओं को दबाकर इस पर काबू नहीं पाया जा सकता और एक आम आदमी तो उन इच्छओं में डूबकर, आकंठ डूबकर ही उठ पाता है। ख़ासकर, जब बात सेक्स की हो तो 'मोनोगॉमस सोशल नोर्म्स' ने इसके प्रति और भी सीक्रेट डिज़ायर और फंतासी मन में जगा रखी है।

और फिर लोगों को यह भी कहां समझ में आता है कि सेक्स एक कला है, इसे सीखें, समझें तथा सुरुचिपूर्ण ढंग से करें। ओशो ने तभी तो संभोग से समाधि तक पहुंचने की बात की। उन्हें मालूम था कि सेक्स से निजात पाना है तो पहले इससे मन भर लो, फिर इसी ऊर्जा को संप्रेषित करो समाधि के लिए, मेडिटेशन के लिए। इन बातों को सोचते-सोचते मुझे लगा कि कहीं राधिका ने ओशो के इस दर्शन को आत्मसात तो नहीं कर लिया। लेकिन उसे ऐसा कुछ नहीं करने

दूंगा। हमेशा उसकी इन इच्छाओं को पूरा करूंगा। हालांकि नौकरी वाला ठहरा जिसका देश में कहीं भी स्थानांतरण हो सकता है। फिर भी अभी मुझे अपने दिल को समझाने की आवश्यकता ज्यादा महसूस हो रही थी, न कि टेक्निकली सही होने की। आज मन की इन उन्मुक्तताओं के प्रति अपनी ही विचारधारा कठघरे में थी। अपनी सोच पर ख़ुद ही सवालिया निशान लगा बैठा। 'लव इज़ अबाउट बीइंग जॉयस' कहने, मानने और समझाने वाला मैं आज ठगा-सा महसूस कर रहा था। 'लव इज़ अबाउट बीइंग जॉयस' आज 'जॉय' से ज़्यादा 'जेलसी' मेरे सिर पर बैठी थी।

सैद्धांतिक तौर पर बातें करने, दार्शनिक बनकर बड़ी-बड़ी बातें करना, प्रबुद्ध लोगों के उदाहरण देना, उनके बातों को उद्धृत करना सब आसान होता है। लेकिन जब आप किसी से अथाह प्यार करते हैं और यदि वह अपने अस्तित्व में किसी और को भागीदार बनाना चाहे तो लगता है कि यह आपके जीवन की कीमत पर हो रहा है। आपको ऐसा लगता है कि आपका साथी आपके अरमानों एवं स्वप्नों को तरजीह न देकर आपके वजूद को ही मिटा रहा हो।

कार्यालय से बात हो रही थी और जूनियर एकाउंटेंट के आते अधूरी छूट गई थी लेकिन रोकड़िया निकलते ही दुविधा ने मुझे घेर लिया। मैं सोचता रहा। कभी ठगा-सा महसूस कर रहा था कभी अजीब से कॉम्प्लेक्स विचारों में। जब दिल पर काबू नहीं हुआ तो फिर मैंने राधिका को फ़ोन लगा दिया।

"हैलो,"

फँसी-सी आवाज़ थी।

"क्या हुआ राधिका, तुम्हारी आवाज़ को! हुम्म! तो तुम रो रही हो, क्यों।" मैंने सब कुछ स्वयं ही कह दिया।

"पता नहीं, मैं क्या-क्या बोल गई! मैं ऐसा नहीं कर सकती। मैं तुम्हारे सिवा किसी को याद भी नहीं कर सकती, सोने की बात तो दूर है।" राधिका ने कहा।

दिल में एक राहत-सी महसूस हुई, लेकिन बात को घुमाते हुए कहा- "नहीं, नहीं तुम तो सिर्फ़ एक संभावना की बात कर रही थी- 'जस्ट फ़ॉर डिस्कशन।' कौन जानता है भविष्य में क्या होगा। दुःखी मत हो। इट्स ओके।"

लेकिन अंदर ही अंदर मैं इन बातों से ख़ुश हो रहा था कि राधिका मेरी और सिसिर्फ़ मेरी ही बनी रहेगी। रोना और उसकी बातों पर दुःखी होना सिर्फ़ और सिर्फ़ मेरे प्रति प्यार को दर्शाता है। हम दोनों एक दूसरे के ही रहेंगे। और सबसे बड़ी बात है कि राधिका सिर्फ़ मेरी रहेगी। थैंक्स गॉड, नहीं, राधिका ने करेक्ट किया तथा एक बार 'थैंक गॉड वी विल बी फ़ॉर ईच अदर फॉरएवर।'

प्यार कुछ और नहीं है, न दर्शन, न ज्ञान, न जाँच। लव इज़ नॉट बीइंग जॉयस, इट इज़ देयर टू जेलसली गार्डिंग द जेलस, इट इज़ नॉट अबाउट लिब्रेटिंग द सॉल बट बीइंगं पैशनेट अबाउट बीइंग पज़ेसिव।

यह सब अच्छा लगता है दिल को एक-दूसरे से सुनने में। भले ही समझ के परे। पर प्यार में भला समझदार ही क्यों हो। रहने दो गीता और कुरान का ज्ञान और कृष्ण या ओशो का दर्शन, हम भौतिकवादी मानसिक स्थिति में हैं और अभी यही अच्छा लगता है।

मैं एक गहारा उच्छ्वास भर रहा था। अपनी बातों पर ही हामी भर रहा था। मुझे सुकून और चैन का अहसास हो रहा था। राधिका जिसकी आँखों में आंसू मुझे नहीं पसंद थे, आज उसके आंसुओं में भी अपनी ख़ुशियों का अमृत नज़र आ रहा था। थोड़ा और निकले तो रिश्ता और भी प्रगाढ़ होगा। हाड़ और मांस के शरीर का सीमेंट होता है यह आंसू। प्रेमी-प्रेमिका के आंसू कभी-कभी एक दूसरे के लिए संगीत-से होते हैं।

गेम ऑफ़ लव

विम्बलडन 2015 का फाइनल मैच बड़ा ही रोमांचक था। जोकोविच और फेडरर ने आतिशी खेल खेला। रोमांच, ऊर्जा और उत्साह से भरपूर एक आक्रामक व मनलुभावन मैच। इस मैच का अद्भुत लुत्फ़ इसलिए भी लिया जा सका क्योंकि कोई भी एक 'फेवरेट' नहीं था और जब कोई भी एक फेवरेट न हो तो खेल को सही मायने में परखा जा सकता है तथा इसकी कलात्मकता को सराहा जा सकता है।

लेकिन क्या हो जब दो प्रेमिकाएं आपको चाहती हों! क्या हो जब आपको प्रेमिका और पत्नी में से किसी एक को भावनात्मक रूप से चुनना हो! क्या हो जब किसी एक ने आपको चुन लिया और दूसरे ने नहीं।

प्रेम हो तो किसके पक्ष में 'एडवान्टेज इन' हो और किससे 'एडवान्टेज आउट'- बड़ी मुश्किल है और कब तक 'ड्यूस' होता रहे।

फ़िलॉसफ़ी ऑफ़ लव

प्रेम में चुनना मुश्किल है तो चुना जाना भी। प्रेम का रसायन अलग है फिर प्रेम कभी-कभी एक से ज़्यादा व्यक्तियों से भी हो जाता है। ऐसा क्यों होता है- यह विश्लेषण अत्यंन्त दुष्कर है, वस्तुतः प्रेम को ही किसी भाषा में बांधना अति दुरूह कार्य है। यह मनुष्यता का वह आवेग है जो सबसे प्रबल होते हुए भी लगभग भाषातीत ही बना हुआ है।

प्रेम क्या है? एक बार फ़िलॉस्फ़ाना अन्दाज़ में राधिका ने पूछा भी था और मैंने भी पर्याप्त दार्शनिक लहज़े में ही वर्णन भी कर दिया था- 'प्रेम स्त्री-पुरुष के सन्दर्भों से परे का विधान है...यह अनंत की चाह है एकोऽहम् बहुस्यामि!

"वह एक था...अकेला! अकेलेपन से ऊबा, एक में रमा नहीं...चाहा अनेक हो जाऊं, अनेक में रमूं...एक अनेक हुआ और अनेक हुआ अनंत, माया हुई, जगत् हुआ। विस्तार, अस्तित्व की चाह है-एक को अनंत करती है, प्रेम अनंत की चाह है, अनंत को 'एक' में कर देती है...अनंत, 'एक' में हो जाता है। यह मनुष्यता के चरम, पिंडो के गुरुत्वाकर्षण, नक्षत्रों के द्रव्यमान, चेतना की आकांक्षा, जड़ के समर्पण और अस्तित्व के संतुलन का घुला-मिला सत्य है...यह सिर्फ़ चेतना या मनुष्यता का बोध नहीं...प्रेम इतना सीमित नहीं! स्त्री और पुरुष के मध्य का आकर्षण अस्तित्व के जिस संतुलन को साधता है वही आकर्षण-जनित-संतुलन पृथ्वी और ग्रहों से लेकर अस्तित्व के रेशे-रेशे में व्याप्त है...एक व्याप्ति है...यह हमारे अस्तित्व का पैटर्न है...भाषातीत है...अनिर्वचनीय है...यह समय के जैसा कुछ है; जिया जाए बताया न जाए!"

राधिका एकटक सुने जा रही थी। निर्निमेष। लगा वह कानों से ही नहीं बल्कि पलकों से भी सुन रही थी एक गहरा उच्छ्वास लेकर उसने पूछा- "यदि प्रेम को भाषा में बांधना ही पड़ जाए तो भाव कैसे बंधेगा?"

"बहुत बड़ी चीज़ है...बहुत!...यह समझ लो इतनी बड़ी कि इसे खोजा जा सकता है पर पाया नहीं जा सकता। यह कोई भावना, विचार या घटना नहीं एक व्याप्ति है...यहां से वहां तक फैली हुई...छोर से अछोर तक, सीम से असीम तक, आदि से अनंत तक...इसी व्याप्ति में संसार है...इसी व्याप्ति में कई संसार हैं...यही संसार है...यही संसार का कार्य-व्यवहार है..."

राधिका-"फिर मनुष्य क्या महसूसता है?"

मैंने बताया-"अंश...बिंदु...कतरा...उस सर्वव्याप्ति की एक बूंद...बूंद भी नहीं, बूंद की प्रतीति। मनुष्यता कोई भाव अलग से महसूस नहीं करती...प्रकृति में ऐसा कुछ भी नहीं जो केवल मनुष्य के लिए हो...जो सभी जगह व्याप्त है उसी मात्र की प्रतीति...निश्छल प्रतीति...प्रतीति...उदात्त प्रतीति...एक गहनता...सघनता...शिद्दत...इंटेंसिटी...प्रगाढ़ता...खिलन...प्रवाह...रवानी...वही जो रंग बनकर खिल रहा रंगों में मनुष्यता का 'प्रेम' है...वही जो आंच बनकर निकर रहा अग्नि में मनुष्यता का 'प्यार' है...वही जो ख़ुशबू बनकर महक रहा फ़ज़ा में मनुष्यता की मोहब्बत है..."

राधिका- "महाराज! इसकी परिभाषा क्या है?" हल्के विनोद से उसने पूछा।

मैं अपने प्रवाह में गंभीर ही बना रहा- "जिए की परिभाषा नहीं होती...जिया जाता है...जिया-अजिया यही होता है। परिभाषा सीमित कर देती है...प्रेम असीमित करता है...वह असीमित है...उसे बांधा, तोड़ा, लटकाया नहीं जा सकता...परिभाषा अर्थ की रेखा खींच देती है। अब अर्थ उसके बाहर नहीं जा सकते। प्रेम सीमातीत है। यह शून्य का अतिक्रमण है...यह अमूर्त का उल्लंघन है...यह निर्ध्वनी से संलाप है...यह प्रारंभ का पूर्व है...यह मर्म की अभ्यर्थना है...यह मेरी तुम्हारी संवेदना का बिन्द है...यह हमारा होना है...यह हमारा खोना है..."

राधिका चीखी- "रुको...रुको...।"

मेरे लगातार बोलने और प्रवाहमयी भाषा ने उसे भयभीत कर दिया था।

मैंने बोलना जारी रखा- "भाई! हम तो इतना ही जानते हैं यदि ज़्यादा जानने की ठहरी तो दीना वाले बब्बा से मिल लेना। सुने हैं कि वह इसमें पीएच.डी. कर रखे हैं।"

"दीना वाले बब्बा!"

"अरे! सम्पूर्ण सिंह कालरा" मैंने उसकी हैरत को बढ़ाते हुए कहा।

"क्या बोल रहे हो कभी दीना वाले बब्बा कभी सम्पूर्ण सिंह कालरा...क्या मतलब?"

"अरे भाई अपने गुलज़ार 'मेरा कुछ सामान' वाले गुलज़ार!"

हल्की स्मिति चमकने लगी थी राधिका के चेहरे पर...वह आज छोड़ने के मूड में नहीं थी। किसी न किसी रूप में घेरना चाहती थी-"क्या यह सही है कि प्रेम 'स्त्री' करती है?"

पुरुष प्रेम नहीं कर सकता, पुरुष के भीतर की स्त्री प्रेम करती है।

हर पुरुष कुछ स्त्रैण-भाव रखता है

जैसे हर स्त्री कुछ पुरुष-भाव रखती है

यही अर्धनारीश्वर की संकल्पना है।

तो पुरुष प्रेम नहीं करता,

नहीं कर सकता

उसका दोष नहीं है,

यह उसकी प्रकृति नहीं है,

उसका भाव नहीं है;

आस्था...करुणा...प्रतीक्षा...स्त्री के भाव हैं;

शौर्य, ज्ञान, आक्रमण पुरुष के भाव हैं;

पुरुष बुद्ध हो सकता है,

ईश्वर की खोज ज्ञान से करेगा,

किन्तु मीरा नहीं हो सकता

मीरा होने के लिए आस्था चाहिए

अखंड आस्था, अशर्त आस्था

जिसमें ज्ञान बाधा करता है।

कृष्ण के दो संगी राधा और उद्धव

दोनों विपरीत

एक दूसरे की बात न समझने वाले,

एक आस्था तो दूजा ज्ञान

ठीक ऐसे ही प्रतीक्षा स्त्री का भाव है

और आक्रमण पुरुष का;

दोनों का देह-विधान भी साक्षात् यही है।

स्त्री की देह प्रतीक्षा का चरम है और पुरुष की देह आक्रमण का उद्घोष है

दोनों पूरक इसलिए परस्पर सचेष्ट।

पर प्रतीक्षा स्त्री का भाव है।

सो करुणा आस्था से निमज्जित कोई रहस्यता ही प्रेम की प्रतीति तक

पहुँच पाती है।

पुरुष को लगता वह करता है

किन्तु वह नहीं उसके भीतर की स्त्री करती है।

किसी पुरुष में यह स्त्री-भाव अधिक होता,

किसी में कम;

किसी में संतुलित और किसी में स्थिति अनुसार;

पर वास्तव में प्रेम स्त्री ही करती।

प्रेम स्त्री का विधान है,

उसी से उत्स है,

वही उद्गम है,

वही अधिकारिणी है,

इसलिए प्रेम का सत्य

उसका निचोड़,

उसका फल,

उसका दर्शन, यानी वेदना भी स्त्री को ही मिलती।

वह वेदना नहीं है

प्रेम का परिमाण है

उतना ही प्रेम है,

प्रेम उतना ही होता

वेदना बराबर बाक़ी उन्मुख कलाप हैं

सो प्रेम स्त्री का अधिकार है,

हममें निहित स्त्री का...

प्यार-खालीपन का साइड इफेक्ट

"**लव** दिस वेला"

राधिका ने वॉट्सऐप किया।

"शॉकिंग, सो वन्स यू ऑर ऑन द जॉब आय एम गॉन- लव इज़ फिनिश्ड"

मैंने सिर्फ़ सोचा भर, कहने की हिम्मत नहीं हुई।

इसलिए मैं 'वॉट्सऐप' को क्हाट एप कहता हूं, क्या बंदरपन है- क्हाट ऐप इज़ दिस? नो ह्मन टच जस्ट वेस्टेज ऑफ़ टाइम एंड इमोशंस।

आप कितनी गंभीर बातों को टाइप कर सेन्ड कर देते हैं। पता नहीं करते, कौन सी बातें कहां-कहां चोट पहुँचा रही हैं। बातों के ज़ख़्मों से आँखों का सैलाब कहां दिखेगा! कैसा 'ऐप्स' है जिसके 'इमोशन'ऐप' से भी बेकार।

शिकायतों की यह यात्रा शुरू होती उससे पहले ही दूसरा मैसेज आया-

"उसके बाद विल यूज़ अक्ल।"

मैं भौचक्का रह गया।

थैंक गॉड, वॉट्सऐप में इसके लिए इमोशन है।

"टिल दिसम्बर, आय विल लव योर मिसटेक्स टू"

गलती भी माफ़- राधिका न जाने क्या सोचते-सोचते यह लिख रही थी!

"लव यू डियर और लव एवरीथिंग अबाउट यू"- के बाद यह मैसेज ठीक वैसा ही लगता है जब भारत और पाकिस्तान के प्रधानमंत्री शांति वार्ता के लिए

मिलते हैं और मिलते रहने का वादा करते हैं। और इन घोषणाओं का स्वागत 'पाकिस्तान रेंजर्स' और 'आर्मी' तथा 'सीमा सुरक्षा बल' आपस में गोलाबारी करके करते हैं। कुछेक नागरिक कभी मारे भी जाते हैं- कुछ की संपत्तियां बरबाद हो जाती हैं। लेकिन इतने बड़े देश में कौन पूछता है उनको। वैसे भी देश के मीडिया की चिन्ताएं और भी हैं- केजरीवाल की खांसी, मोदी की जैकेट या राहुल की आस्तीन।

अच्छी चीज़ों को ही ग्रहण लगते हैं- जैसे चाँद और सूरज। ग्रहण रिश्तों को भी लगता है। प्रेमी-युगल अगर ग्रहण के शिकार न हुए तो नज़र लग जाती है। प्रेम में मीठी-मीठी बातों के अनंत सिलसिलों को ध्यान में रखकर ही शायद अमृता प्रीतम ने अपनी एक किताब का नाम 'अक्षरों की रासलीला' दिया होगा।

और जब अक्षरों को ग्रहण लग जाए - तब। 'हुम्म'- तब ऐसी-ऐसी बातें निकलती हैं जो जहरीले तीर की तरह सीने के आर-पार। एक कतरा लहू भी न निकले। आंसू सूख जाते हैं। चेहरा हताश, दिल भारी, बस अब दुनिया में कुछ भी तो आश्वस्तिप्रद नहीं है। मैं निरंतर सोचता ही जा रहा था।

समझ में नहीं आता राधिका अबूझ क्यों है। या वह यथार्थवादी है? मुझे प्रेम से वह कृष्ण कहती थी, क्योंकि मेरे जीने का 'स्टाइल' उसे पसंद था। मैं उन्मुक्त-सा लगता हूं उसे। प्रेम की अकुंठ इच्छाएं हैं, प्रेम की कलात्मकता है, पत्थर में प्रेम जगा दे- ऐसा मिज़ाज। कायनात में ऐसे कितने होंगे, जिनकी दुआओं में फकीरों-सी योग्यता और इश्क़ में बादशाहों का मेयार। उसमें गज़ब का पौरुष है तो साहिर-सी लफ़्ज़ों की जादूगरी भी। तभी तो राधिका कभी लफ़्ज़ों पर फ़िदा थी, तो कभी लबों पर।

"राधिका- तुम्हारी व्यस्तता की सोचते ही कभी-कभी मुझे घबराहट होने लगती है।" मैंने कहा।

"होने दो न! दिल का नाम घबराना भी है।" राधिका पुलककर बोल पड़ी।

"हमको प्यार करने दो बस। प्यार का इज़हार करने दो हज़ार बार, जी लेने दो हज़ार बार, जी लेने दो मुझे। इन बातों ने हमें जवान बना दिया है।" राधिका बोले जा रही थी।

माय हार्ट इज़ बीटिंग

कीप्स ऑन रिपीटिंग

आय एम वेटिंग फ़ॉर यू

"जानते हो अपनी जवानी के दिनों का यह सबसे मशहूर या यूं कहो कि एकमात्र अंग्रेज़ी गाना था जो हम सबकी जुबान पर था।" मैंने कहा-

टाइम इज़ फ्लीटिंग... टाइम इज़ फ्लीटिंग...

"तुम आजकल बहुत हैंडसम हो गए"- राधिका ने कहा।

मैं विस्मित-सा सोचने लगा, फिर सोचा प्रेम में लोग एक-दूसरे को सुंदर लगने ही लगते हैं। प्रेम, रिक्त को भर देता है, स्पंदना जाग जाती है आपके दिल में, आपके शरीर में और आपके व्यवहार में भी।

"वक़्त गुज़र रहा है। तुम्हारी छुट्टियों के बाद क्या होगा। कुछ और हफ़्ते, चंद दिन और जो हम साथ-साथ दुनिया की निगाहों से बचकर वक़्त गुज़ारेंगे, सब सिमटता जा रहा है। ख़त्म हो जाएगा मेरे लिए- तुम्हारी जुल्फ़ों की छांव, बांहों का हार, तुम्हारा वह रूह को भरने वाला किस, वह आँखों-आँखों से गहरे दिल में समा जाना, वह तुम्हारा प्यार भरा स्पर्श, मेरा नाम बार-बार लेना और मेरी छाती पर हाथ मारकर कहना- कब ख़त्म होगा यह सब। यह 'पैशन' तो बढ़ता ही जा रहा है। तुमने झूठ कहा था न कुछ दिन साथ रह लेंगे तो सब कुछ कम हो जाएगा। यह तो बढ़ गया?"

वह मुझसे पूछ रही थी या कह रही थी समझ नहीं आया। लेकिन उसकी आँखों में देखते ही रहने का जी कर रहा था- देर तक, बहुत देर तक, शायद हमेशा! उसकी आँखें मुझे हमेशा सुकून देती हैं।

"लगता है, यह जो अफ़ेयर-वफ़ेयर होता है न, साला छुट्टियों में ही होता है। चलो मान लें जब वक़्त होता है तो प्यार हो ही जाता है। लेकिन वक़्त न हो तो ख़त्म कैसे होगा! वक़्त के साथ ख़त्म होता जाए तो फिर भी मान लिया जाए।

चेतना की तरह प्यार की यात्रा भी लंबी होनी चाहिए- जब तक काया अचेतन न हो जाए।

अपने समाज में हमने देखा है औरतों को अचेतन अवस्थाओं में। शादी के बंधनों के बिना प्यार करते हुए। रातनशीं होते हुए, खुरदुरी संवेदनाओं वाले पुरुषों के साथ। उनको चाहते हुए जो दुआओं के क़ाबिल भी नहीं। जिनकी ज़बान शराब से भी कड़वी और चेहरा पत्थर-सा बेजान। कई औरतें अपने ऐसे पतियों को भी कितना चाहती हैं।

मुझे अमृता चाहिए

इमरोज़

कोई भी रिश्ता बांधने से नहीं बंधता। प्रेम का मतलब होता है एक-दूसरे को पूरी तरह जानना, एक-दूसरे के जज़्बात की कद्र करना और एक-दूसरे के लिए फ़ना होने का जज़्बा रखना। अमृता और मेरे बीच यही रिश्ता रहा। पूरे 41 बरस तक हम साथ-साथ रहे। इस दौरान हमारे बीच कभी किसी तरह की कोई तकरार नहीं हुई। यहां तक कि किसी बात को लेकर हम कभी एक-दूसरे से नाराज़ भी नहीं हुए।

इसके पीछे एक ही वजह रही कि वह भी अपने आप में हर तरह से आज़ाद रही और मैं भी हर स्तर पर आज़ाद रहा। चूँकि हम दोनों कभी पति-पत्नी की तरह नहीं रहे, बल्कि दोस्त की तरह रहे, इसलिए हमारे बीच कभी किसी किस्म के इगो का ख़ामोश टकराव भी नहीं हुआ। न तो मैं उसका मालिक था और न ही वह मेरी मालिक। वह अपना कमाती थी और अपनी मर्ज़ी से खर्च करती थी। मैं भी अपना कमाता था और अपनी मर्ज़ी से खर्च करता था।

दरअसल, दोस्ती या प्रेम एक अहसास का नाम है। यह अहसास मुझमें और अमृता, दोनों में था, इसलिए हमारे बीच कभी यह लफ्ज़ भी नहीं आया कि आय लाव यू। न तो मैंने कभी अमृता से कहा कि मैं तुम्हें प्यार करता हूं और न ही उसने कभी मुझसे। एक बार एक सज्जन हमारे घर आए। वे हाथ की रेखाएं देखकर भविष्य बताते थे। उन्होंने मेरा हाथ देखा और कहा कि तुम्हारे पास पैसा कभी नहीं टिकेगा क्योंकि तुम्हारे हाथ की रेखाएं जगह-जगह टूटी-कटी हैं। उसने अमृता का हाथ देखकर कहा कि तुमको ज़िंदगी में कभी पैसे की कमी नहीं रहेगी। इस पर मैंने अमृता से उसका हाथ अपने हाथ में लेकर कहा कि ऐसा है, तो हम दोनों एक ही हाथ की रेखा से ही गुज़ारा कर लेंगे।

हम दोनों हमेशा दोस्त की तरह रहे। एक ही घर में, एक ही छत के नीचे रहे, फिर भी कभी एक कमरे में नहीं सोए क्यों कि मेरा और उसका काम करने का वक़्त हमेशा अलग रहता था। मैं रात बारह-एक बजे तक काम करता और फिर सो जाता था। जबकि अमृता, बीमार पड़ने और बिस्तर पकड़ने के पहले तक, रात को आठ-नौ बजे सो जाती थी और देर रात एक-डेढ़ बजे उठकर अपना लिखने का काम शुरू करती थी, जो सुबह तक चलता रहता था।

हम दोनों ने जब साथ रहना शुरू किया, तब अमृता दो बच्चों की माँ बन चुकी थी। हालांकि, शुरुआती दौर में बच्चों ने हमारे साथ-साथ रहने को क़बूल नहीं किया। लेकिन उन्हें एतराज़ करने की गुंजाइश भी नहीं मिली। क्योंकि न तो उन्होंने कभी हमें लड़ते-झगड़ते देखा था ओर न ही हमारे बीच कभी किसी किस्म का टकराव या मनमुटाव पनपते हुए महसूस किया था। धीरे-धीरे उन्होंने भी हमारा साथ रहना क़बूल कर लिया। अमृता और मैंने शुरू में ही तय कर लिया था कि हम कोई बच्चा पैदा नहीं करेंगे क्योंकि उन्हें मिक्स अप होने में मुश्किल होगी। कई लोग ऐसा मानते हैं कि अमृता का तलाक़ मेरे कारण हुआ, लेकिन यह सच नहीं है। उसकी शादी तो भारत के बंटवारे के पहले ही हो गई थी। शादी के कुछ बरस बाद ही उसे महसूस होने लगा कि जिस शख़्स के साथ उसकी शादी हुई है, उसके साथ ज़िंदगी भर निभ नहीं सकेगी।

आख़िरकार उसने अपने पति का घर छोड़ दिया, लेकिन तलाक़ नहीं हुआ था। तलाक़ तो हमारे साथ-साथ रहना शुरू करने के कोई पंद्रह-सोलह बरस बाद हुआ। जब हमने साथ-साथ रहने का फ़ैसला किया, तो हम दोनों के परिवार वालों को हैरत हुई और उन्होंने इस पर बड़ा एतराज़ भी किया। उनके एतराज़ की वजह थी अमृता का उम्र में मुझसे सात-आठ बरस बड़ी होना और अमृता के दो बच्चे। चूकि हम दोनों एक-दूसरे को जान-समझ चुके थे और हमने पक्के तौर पर साथ रहने का फ़ैसला कर लिया था, इसलिए किसी के एतराज़ का हमारे फ़ैसले पर कोई असर नहीं हुआ। दोनों ने यह भी तय किया था कि शादी जैसे किसी रस्मी बंधन में नहीं बंधेंगे। हमारे इस फ़ैसले का मेरे घर में सिर्फ़ मेरी दीदी ने ही समर्थन किया और जो लोग एतराज़ कर रहे थे, उनसे कहा कि यह कैसे ख़ुश रहेंगे, इसका फ़ैसला जब ख़ुद इन दोनों ने कर किया है, तो किसी और को एतराज़ क्यों करना चाहिए।

अमृता के जीवन में एक छोटे अरसे के लिए साहिर लुधियानवी भी आए, लेकिन वह एकतरफ़ा मुहब्बत का मामला था। अमृता, साहिर को चाहती थी, लेकिन साहिर फक्कड़ मिज़ाज था। अगर साहिर चाहता, तो अमृता उसे ही मिलती, लेकिन साहिर ने कभी इस बारे में संजीदगी दिखाई ही नहीं। एक बार अमृता ने हँसकर मुझसे कहा था कि अगर मुझे साहिर मिल जाता तो फिर तू न मिल पाता।

इस पर मैंने कहा था कि मैं तो तुझे मिलता ही मिलता, भले ही तुझे साहिर के घर नमाज़ अदा करते हुए ढूंढ लेता। मैंने और अमृता ने 41 बरस तक साथ रहते हुए एक-दूसरे की प्रेज़ेन्स एंजॉय की। हम दोनों ने ख़ूबसूरत ज़िंदगी जी। दोनों में किसी से कोई शिकवा-शिकायत नहीं रहीं। मेरा तो कभी ईश्वर या पुनर्जन्म में भरोसा नहीं रहा, लेकिन अमृता का ख़ूब रहा है और उसने मेरे लिए लिखी अपनी आख़िरी कविता में कहा है- मैं तुझे फिर मिलूंगी।

अमृता

मैं तुझे फिर मिलूंगी

कहां किस तरह पता नहीं

शायद तेरी कल्पनाओं

की प्रेरणा बन

तेरे केनवास पर उतरुंगी

या तेरे केनवास पर

एक रहस्यमयी लकीर बन

ख़ामोश तुझे देखती रहूंगी

मैं तुझे फिर मिलूंगी

कहां कैसे पता नहीं।

या सूरज की लौ बनकर

तेरे रंगो में घुलती रहूंगी

या रंगो कि बांहों में बैठकर

तेरे केनवास पर बिछ जाऊँगी

पता नहीं कहां किस तरह

पर तुझे ज़रूर मिलूंगी

या फिर एक चश्मा बनी

जैसे झरने से पानी उड़ता है

मैं पानी की बूंदें

तेरे बदन पर मलूंगी

और एक शीतल अहसास बनकर

तेरे सीने से लगूंगी

मैं और तो कुछ नहीं जानती

पर इतना जानती हूं

कि वक़्त जो भी करेगा

यह जनम मरे साथ चलेगा

यह जिस्म ख़त्म होता है

तो सब कुछ ख़त्म हो जाता है

पर यादों के धागे

कायनात के लम्हों की तरह होते हैं

मैं उन लम्हों को चुनूंगी

उन धागों को समेट लूंगी

मैं तुझे फिर मिलूंगी

कहां कैसे पता नहीं...

मैं तुझे फिर मिलूंगी!!

साहिर

कभी-कभी मिरे दिल मे ख़याल आता है

कि ज़िंदगी तिरी ज़ुल्फ़ों की नर्म छाँव में

गुज़रने पाती तो शादाब हो भी सकती थी

ये तीरगी जो मेरी ज़ीस्त का मुक़द्दर है

तिरी नज़र की शुआ'ओं में खो भी सकती थी

मेरी डायरी में तीनों के वर्जन थे। आज इंडिया हैबिटैट सेंटर में दानिश इक़बाल का प्ले देखने के बाद प्ले के प्रभाव में आज डायरी उठाई तो तीनों के हिस्से के सफ़्हे निकल आए...हिंदी पट्टी की पढ़ी-लिखी जमात में प्रेम-प्रतीक के रूप में ख़्यातिप्राप्त साहिर और अमृता की जोड़ी में सारी रूमानियत के बावजूद मुझे इमरोज़ उस दास्तां का सबसे कशिशमंद किरदार लगता है- खींचता हुआ... साहिर और अमृता के लेखन ने ही इनके प्रेम संबंधों को समाज के लिए रुचिकर और रूमानी बना दिया।

वह प्रेम जो कानूनन नाजायज़ था, साहिर के साथ वह मिलन, वह साथ जो सामाजिक रूप से नाक़ाबूल था- एक बेहद हसीन अफ़साना बन गया, ज़माने भर के लिए। यह भी संभव हुआ, क्योंकि अमृता के पास कविताएं, साहिर के पास शेर

और इमरोज़ के पास पेंटिंग करने की अद्भुत प्रतिभा थी। हर वाकये को यूँ तराशा गया कि सबको लगता था जिया तो बस इन लोगों ने, बाक़ी तो बस अपने होने का वजन ढो रहे है, समाज के बनाए गए उसूलों की अर्थी पर।

सिगरेट पीना शुरू कर दिया अमृता ने, क्योंकि साहिर पीता था और उसके छोड़े टुकड़ों को हाथों में पकड़ते-पकड़ते न जाने कब होंठों से ऐसे लगा लिया कि आदत-सी हो गयी। जैसे अपनी प्रेयसी को कोई अधरों से लगाए रखना चाहे।

दुनिया साहिर और अमृता के अफ़साने को ही याद करती है और रूमानी मानती। मैं इससे इत्तिफ़ाक नहीं रखता। यह तो अमृता की स्वीकारोक्पति, उसके अपने किताबों में अंदाज़-ए-बयां और उसका किसी समय अपने वजूद से भी ज़्यादा साहिर को चाहना था कि साहिर बच निकला। वरना था तो वह बुज़दिल ओर बेहया ही, जो अमृता के प्यार को ठुकराए ओर कहे इश्क़-नज़्म, नग़्मे और ज़िक्र दे जाता है- वह इश्क़ में अमृता को क्या समझे। साहिर की बुज़दिली नें अमृता को सिगरेट और इश्क़ को उसकी राख बना दिया।

तभी तो कभी-कभी यह ख़याल आता है कि अमृता उसकी हो भी सकती थी जबकि अमृता उसकी होकर ही रह गई थी।

अमृता के पांव जहां-जहां पड़े, वह इश्क़ की इबादत-सी थी। उनकी क़लम से लिखी जाने वाली हर नज़्म, हर नग़्मे में इश्क़ का ही ज़िक्र था। उनकी सांसों में रूमानियत थी तो उनकी बांहों में गर्मियों को समेट लेने की चाह। वह तड़पती थी तो इश्क़ जनमता था। अल्हड़पन था उनकी बेइख़्तयारी का प्रमाण। उनकी निगाहें शराब-सी नशीली थी तो उनके बोल वारिस शाह के कशीदे। अमृता और साहिर ने तो अपनी कमज़ोरियों, अपने कॉम्पलेक्सों, अपने भीतरी डर और बेखयाली को ही अपनाया। शराब के नशे में डुबोया, इश्क़ के नशे को ठुकराया। नग़्मे लिख बेच डाले।

'नीलाम घर दिलकशी के' और 'लुटते हुए कारवां' देखने वाला अपने इश्क़ पर क्यों नाज़ नहीं कर पाया। क्यों न इश्क़ को महफ़ूज़ रख सका। वह सिर्फ़ 'एक पल का किस्सा' बनना चाहता था और 'आहें भरकर' लौट गया। 'दो पल की जवानी' और 'दो पल की हस्ती' वाला साहिर नग़्मे जरूर ऐसे दे गया जो हर अफ़साने का आज भी हिस्सा हैं।

हर नाक़ाम इश्क़ अमृता का नहीं क्योंकि इमरोज़ जैसा चाहने वाला आया उसके जीवन में, जिसे उसने भी खूब चाहा। लेकिन साहिर तो तमाशा ही बना रहा। अहंकार और ईर्ष्या भी खूब इकट्ठे किए। तभी तो अमृता को इमरोज़ के साथ देखकर अमृता को 'महफिल से उठकर जाने वाला' कहकर अपने को पीड़ित और उदास दर्शाना चाहा। ख़ुद तो उसका मर्द न हो सका तो उसे दर्द का ज़िम्मेदार क्यों मानता रहा। दरअसल, साहिर को जब तक अहसास था कि अमृता उसकी है वह निश्चिन्त था। वह प्यार करे या न, इज़हार करे या न, साथ रहे या न, मजबूर अमृता कहां जाएगी। वह समझता था अमृता का प्यार उसके नग़्मों की तरह उसकी संपत्ति है। अमृता उसकी गुलाम रहेगी क्योंकि 'उसने तो मुहब्बत की है।'

...तुम मुझे भूल जाओ

ये हक है तुमको,

मेरी बात कुछ और

मैंने तो मुहब्बत की है।

मेरा आक्रोश साहिर के प्रति इसलिए भी ज़्यादा था कि जिसे प्यार मिल रहा हो उसे इसकी कद्र नहीं थी। वह जानता है कि प्रेयसी का साथ सिर्फ़ किस्मत वालों को ही मिलता है। यह तो निःसन्देह पिछले जन्मों के पुण्यों का पुरस्कार होता है। और फिर कोई टूटकर चाहे आपको! यूं समझो चाँद अपनी चाँदनी ख़ुद आपको परोस रही है। सूरज भी किरणें सिर्फ़ अपनी प्रेयसी के साथ देखने के लिए उदित हो रहा है। फूलों की अठखेलियां आपकी प्रेम-क्रीड़ा की कहानियां सुनाकर हँसी-ठिठोली कर रही हों। और साहिर सिगरेट के धुएं की 'परछाइयां' बना रहा और इश्क़ से 'तल्ख़ी।'

मैं साहिर-अमृता इमरोज़ की कहानियां राधिका को पहले भी सुना चुका था, सरसरी तौर पर। कोई ज़्यादा रुचि न तो राधिका को थी और न मुझे। लेकिन अब हालात बदल गए हैं। दोनों को अमृता के जीवन की एक-एक कहानी अपनी-सी लगती है। लगता है कोई वर्षों पहले वह कर गया जो हम आज कर रहे हैं। तो सिर्फ़ स्क्रीप्ट को दोहरा रहे हैं। बहुत कुछ मिलता-जुलता, लेकिन अमृता अपने समय से बहुत आगे, उद्यमी और हिम्मती।

दशकों बाद भी मैं और राधिका इतना साहस नहीं जुटा पा रहे हैं कि इश्क़ को सही अंदाज़ में स्वीकारें। चलो ज़रूरी नहीं हर शख़्स अपने इश्क़ को उजागर ही कर दे। वे स्वतंत्र थे, लेखक थे, उन्मुक्त थे। यहां तो दो नौकरशाहों का प्रेम है, जिनके पीछे है एक बंधी-बंधाई सरकारी लोगों की सोसायटी, जिनके साथ जीवन पर्यन्त उठना-बैठना है। और यह होते भी हैं बड़े दकियानूस और ऐसा 'गॉसिप' का विषय मिल जाए तो फिर क्या कहना! लंच के समय अचार और मुरब्बा-सा स्वाद ही आ जाए खाने के साथ।

नौकरशाहों का प्रेम! अविश्वसनीय! संवेदनहीनता का ऐसा ठप्पा लग चुका है उनके साथ। लोग, प्रेम, इश्क़, शायरी और कविताएं इन चीज़ों से नौकरशाहों को जोड़ना ऐसा मानते हैं जैसे अहम मुद्दों पर भारतीय लोकतंत्र में विपक्ष का साथ, सत्ता दल को मिले। यह तो आंकड़ा छत्तीस का है और ऐसा ही माना जाता रहेगा।

क्यों! बस मनमानी है।

हम आम आदमी हैं। नौकरशाहों का न प्रेम ठीक न ही राजनिति। 'आप' वाले आम आदमी। और आम आदमी कितना जिद्दी, लड़ाकू और बेतुका हो सकता है यह केजरीवाल ने कर दिखाया। वह कहते हैं न कि ऐसा रायता फैला रखा है कि बस कुछ नहीं होगा। अच्छा तो वह भी कभी नौकरशाह था!

ओल्ड हैबिट, डाई हार्ड या हरियाणा वाले सही कहते है कि भैंस पूछ उठाएगी तो गोबर ही करेगी।

शायद इसलिए मेरे और राधिका के ख़ुद के मन में भी शंकाएं रहती थी। भविष्य क्या होगा! प्यार, अफ़ेयर, इश्क़ जो भी कहो- जो इतना अच्छा है अभी कहीं यह तबादले, ऑफ़िस में फ़ाइलों और मीटिंगों में दबकर कुंठित तो नहीं हो जाएगा। नौकरी में बॉस होता है, 'डेडलाइन्स' होती हैं, टूर होते हैं, इन्सपेक्शन होता है और साथ ही रूटीन कार्यों का अंबार। सबके सब नीरस और बेजान से लगने वाले काम और वैसे ही आदमी। तभी तो कहते हैं नौकरी में चाकरी निहित है।

"काश, स्वतंत्र लेखन हम लोगों का पेशा होता राधिका!" दार्शनिक अंदाज़ में मैंने एक दिन पूछा था।

राधिका ने तपाक से और शायद बिना गंभीरता से सोचे कहा था, "मैं नौकरी छोड़ने को तैयार हूं।

लेकिन मुद्दा नौकरी का नहीं है।

क्या नौकरी छोड़ दें तो परिवार का साथ भी छोड़ देंगे।

और फिर इमरोज़ और अमृता की तरह साथ रहने लगेंगे।"

सवाल तो यह था। जवाब कहां है इसका।

तड़प और तृप्ति

'विश्रांति।'

शांति से प्रवास।

मन को शांत करती जगह।

दक्षिणी दिल्ली के पॉश इलाके में अधिकारियों के लिए स्थापित यह रिट्रीट, दो जिस्मों की ज्वाला को भी शांत कर देता है। छतनार पेड़ों के झुरमुटों के बीच स्थित हल्के क्रीम कलर की बिल्डिंग में आमद-रफ़्त कम ही होती है सो 'उल्लंघन' की पूर्व-पीठिका भी गाहे-बगाहे यहीं निर्मित होती थी।

यहां मैं डॉ. पूर्णिमा के साथ मिला करता था। उसके साथ एकान्त में बातें और प्रेम भी।

जब भी आप उदास होते हैं या विचलित होते हैं या दिल व्यथित होता है तब किसी मित्र को तलाशते हैं और पता नहीं किस अनजान कमी को पूरा करने के लिए हर द्वंद्व के पार एकमेक हो जाते हैं। मुझे तो लगता है कि लोग अपने जीवनसाथी की उदासीनता के कारण ही ऐसे अफ़ेयर करते हैं। कभी-कभी ऐसा करना आपको आज़ादी एवं स्वच्छन्दता का अनुभव देता है। यह उस घुटन से निकलने की चाह होती है जिसका शादी के बाद आप अकारण ही सामना करते हैं। आपके दोस्तों से भी जब पत्नी को चिढ़ मचने लगे, आपकी छोटी-छोटी उन्मुक्तता पर सवालिया निशान लगाए जाने लगे तो दिल के तेवर बागी होने लगते हैं।

आप जितना ही अपने जीवनसाथी को घेरना चाहते हैं, बांधना चाहते हैं, अपनी बातों को मनवाने की ज़िद करते हैं उतना ही उसके मन में विद्रोह और विक्षोभ पैदा होता है।

ऐसे रिश्तों में तृप्ति मिलती है - शायद क्षणिक! क्षणिक ही होता है लेकिन यह डायवर्जन उस वक़्त की एक ज़रूरत होती है।

डॉ. पूर्णिमा का मेरे जीवन में आना, काफ़ी करीबी होना ऐसा ही था मगर फिर कब दूरी बनती गई, पता भी नहीं चला। लेकिन बहुत ही हसीन रातें हमने संग गुज़ारी। आज भी उनकी स्मृति एक कामुक सिहरन भर देतीहै। काम की शिला पर तपते दो शरीरों का मिलन एक ऐसी आग पैदा किया करता था जिसमें आप या तो अपने समाजिक रिश्तों को जला देते हैं या उन कच्चे रिश्तों को पकाकर कुछ समय और आगे बढ़ा ले जाते हैं।

विश्रांति ने हमें शांत कर समाज के आगे संभ्रांत रखा।

प्रेमियों के गांधी

गांधी देश के लिए आधुनिक समय में भी प्रांसगिक हैं। उनकी याद में बनाए गए संग्रहालय और स्मारक हमें छुपकर प्यार बढ़ाने का अवसर उपलब्ध कराते हैं। किसी भी प्रेमी युगल से इसकी पुष्टि कराई जा सकती है।

अभी पिछले महीने ही मैंने और राधिका ने आगा ख़ानां पैलेस में कस्तूरबा स्मारक के पास एक दूसरे से आलिंगनबद्ध हो बेहद प्रगाढ़ और प्रेमपूर्ण पल बिताए थे। मुझे याद है कि कादम्बरी से प्रेम-प्रसंग के दौरान, दिल्ली शहर में कोना ढूंढते-ढूंढते राजघाट के गांधी संग्रहालय में ही वह जगह मिली जो सूनी थी और स्पर्शाकुल प्रेमियों के लिए एकोमोडेटिव थी- लेकिन प्रेमी युगल तो कुरुक्षेत्र के मैदान में भी हिंसा एवं द्वेष से हटकर काया और काम को साधते प्रेम को जगा ही लेते हैं।

धन्य हो बापू!

नहीं तो मात्र एक चुम्बन और आलिंगन के पीछे देश की कितनी लड़कियों को बदनाम कर दिया जाता है जैसे बोफ़ोर्स से गांधी परिवार और कोयले से कांग्रेस बदनाम हो गई।

मिलना-जुलना और खाप

मिलना-जुलना आजकल अपराध है। अदालतें इसकी जाँच कर सकती हैं।

पूर्व सी.बी.आई. निदेशक रंजीत सिन्हा की इसी बात पर जाँच हो रही है, क्यों मिले, किससे मिले, और मिले तो क्या मिला?

चलिए वे एक नौकरशाह हैं, न्यायालयों के सरकारी कामों के सिलसिले में अतिरिक्त मिलने जुलने, अंकुश लगाने के अधिकार तक तो समझ आता है, लेकिन प्रेम के लिए ही आपको कौन मिलने देता है?

यहां सुप्रीम कोर्ट है तो वहां पर खाप।

और यह खाप पंचायत सिर्फ़ हरियाणा में नहीं है। हर जगह है, हर अपार्टमेंट और कॉलोनी में है। यहां तक कि हर परिवार में है। खाप का सरपंच या तो पिता होता है या पति। या तो भाई होता है या बाबू बजरंगी के दोस्त।

और खाप व्यक्ति नहीं बस मानसिकता होती है- नैतिकता के पहरुए बनना... संस्कृति के प्रहरी...खाप!

संवाद और संबंध

संवादहीनता से अकेलेपन जनमता है और अकेलेपन से संवादहीनता की आदत। एकाकी लेटे हुए घर्र-घर्र चलते पंखे के आर-पार छतों को घूरते निर्मल वर्मा के पात्रों की तरह वे एक संवाद के अभाव में भाषा के लिए अनुपयुक्त हो जाते हैं उनके पास मात्र ध्वनियां बचती हैं।

रिश्तों में शब्दों की अहमियत तो है। ख़ासकर जब मन में पीड़ा हो, रिश्तों में खटास हो। जब आप प्रेम में हों तो दिलों के बीच संवाद स्वतः होता रहता है। आपकी भाव-भंगिमा सब कुछ संप्रेषित करती है। प्यार पर संदेह हो या प्यार को अगर विभिन्न पैमानों पर तौला जाने लगे तो 'शब्द' ही वह पुल होता है, जो रिश्तों में पड़ी दरार पाट सकता है।

रिश्ते...वैसे रिश्ते जिन पर आपने अपना मालिकाना हक समझ रखा है, रिश्ते जिन्हें आप समझते हैं, रिश्ते जो कानूनी हैं, सामाजिक हैं- जो बंधनों में हैं, ऐसे रिश्तों को 'शब्द' चाहिए ही होंगे। शब्द ही ऐसे रिश्तों का भोजन, सौंदर्य और आभूषण हैं। शब्दों की माला जितनी बढ़िया गूंथी जाए उतने ही रिश्ते 'पवित्र' और 'पॉज़िटिव' दिखेंगें।

मेरा और कादम्बरी का भी रिश्ता शब्दों पर ही टिका है, ख़ासकर अब। अब ख़ासकर क्यों?

शादी के दो दशक बीत गए। गुज़री समयावधि में रिश्तों की ऊष्मा के घिसाव या इधर कुछ बरसों में मेरा राधिका के प्रति झुकाव, या राधिका का कादम्बरी की तुलना में ज़्यादा प्रेमपूर्ण और संवेदनशील होना या हम दोनों के बीच अहं का टकराव बढ़ जाना।

नतीजतन, अब हम एक-दूसरे के दिलों में झांकने की कोशिश नहीं करते। प्यार को आँखों में तैरता देख कर इसे दृष्टि भ्रम समझना ही उचित लगता है।

और क्या-क्या बातें कहती है यह संवादहीनता! प्यार पर प्रश्न हो तो संवादहीनता की स्थिति में कितना संवाद व्यक्ति अपने आप से करता रहता है। इतना ज़्यादा कि चेहरे पर झुर्रियां दिखने लगती हैं-तनावग्रस्त चेहरे पर।

जब आप उम्मीद करते हैं कि कोई बोले और कोई भी नहीं बोलता उस समय यह संसार डरावना लगने लगता है और वह शख़्स जो आपको थोड़ा भी 'अनइज़ी' कर सकता है, वह आतंकी लगता है।

कादम्बरी नहीं समझती और शायद मैं भी नहीं।

और हमारा अहं दोनों को उस तल से दूर कर देता है जहां एक दूसरे को परस्पर समझा जाता है। इतना मुझे समझ आता है। किन्तु परस्पर समझ पर आधारित पहल का अभाव मुझे भी बराबर का जड़ और खुरदुरा बना देता है। अब बातें घर में मेहमानों के आने-जाने पर होने लगी तो कभी मेरे दोस्तों के साथ बिताए गए दिनों पर। ऐसे प्रतिकूल और हिंसक माहौल में महिला-मित्रों को छुपाए रखना ही हमेशा उचित और 'सेफ़' रहा।

एक संताप-सा लगने लगता है कभी-कभी यह साथ, गैर-ज़रूरी-सा! एक दिन ऐसा गुज़रेगा कि आप सबसे हसीन जोड़े हैं तो अगले ही दिन फिर वही घिसी-पिटी बातों से उबा देने वाली और क्रोधित करने वाले सूत्र।

पत्नियों की मनःस्थिति समझना अब मेरे लिए कठिन होता जा रहा है। स्त्री-मनोविज्ञान की कुछ किताबें भी खरीदकर लाई गईं और सोचा यहां से ज्ञान पाया जाए कि ऐसी समस्याओं से कैसे निपटा जाए। लेकिन पत्नी एवं स्त्री दोनों के मनोविज्ञान में फ़र्क होता है। और मुझे तो लगता है यह व्यक्तिवादी विचारधारा है। यहां कोई सामान्य सर्वव्यापी 'कॉन्सेप्ट' भी नहीं है। हर 'युगल' का एक अलग ही 'डायनामिक्स' होता है।

यूं तो हर शख़्स की अपनी-अपनी भावनाएं होती हैं और इन भावनाओं से अपनी तरह की आशाएं। इन आशाओं एवं अपेक्षाओं को संप्रेषित करने के अपने-अपने ढंग। लेकिन जान लें इसके संप्रेषण में जितने ज़्यादा शब्द होंगे, आत्मीयता उतनी ही कम होगी, उतना ही कम प्रेम होगा।

मेरे और कादम्बरी के बीच शब्द कम हो गए हैं तो प्यार भी कम हो ही रहा होगा- ऐसा हम दोनों मानते हैं। यह शब्दों का कम होना संवादहीनता वाला है। पहले वाला नहीं, जब हमारा कॉलेज के दिनों में प्रेम चल रहा था। उस समय तो सारी बातें आँखों-आँखों में ही हो जाती थी। अब आँखों से गुस्से और नाराज़गी का इज़हार ज़्यादा होता है, प्रेम की मादकता कम।

प्रेम के इस क्षय के बहुत-से कारणों में एक तो यह प्रामाणिक-सा लगता है कि ज़्यादातर पति-पत्नियों के बीच ऐसा होने ही लगता है। पारिवारिक बोझ, बच्चों की चिंता, रिश्तेदारों का अजीब तरह का दबाव या कुछ नहीं तो आपसी तक़रार, प्रेम पर अंकुश लगा देता है।

लेकिन कभी-कभी मुझे लगता है कि जब राधिका के प्यार, उसकी शरारतें उसकी सेंशुएलिटी को मन में लाकर कादम्बरी के बारे में सोचता हूं तो प्यार अपने आप कम होने लगता है।

वैसे तो दोनों रिश्ते कम्पेयर करने लायक नहीं। फिर भी अगर कोई विचार आता है तो मेरा कादम्बरी के प्रति प्रेम क्यों कम होने लगता है- यह समझ से परे है क्योंकि शादी के बाद किसी भी प्रेम को मैं सिर्फ़ इस रिश्ते का पूरक मानता था। रिश्ते को पूर्ण करने एवं सतत जीवित रखने का एक निमित्त।

अब जैसा भी हो, बस इसको अपने से अलग कर देखते रहना है। ओशो कहते हैं- बी ऐन ऑबज़र्वर।

आप अपने आप को 'ऑबज़र्व' करें। देखें तटस्थ होकर कि क्या घट रहा है, कैसे घट रहा है, क्यों घट रहा है। आप पाएंगे बहुत-सी ऐसी घटनाओं पर आपका वश नहीं है। बहुत-सी घटनाएं आपके सब-कॉनशियस दिमाग की उपज हैं तो बहुत सी घटनाओं को आप अपने सपनों में भी घटित होता देखते हैं- हक़ीक़त में शायद कुछ भी नहीं घट रहा हो।

प्यार का पंचनामा

डॉक्टर पूर्णिमा इधर कुछ दिनों से दूर होते जा रही थी, इसलिए नहीं कि उसका अकेलापन दूर हो गया था। हां, पोस्ट ग्रेजुएशन की तैयारी में वह जी-जान से जुटी थी। लेकिन इसके अलावा भी ऐसा कुछ था जो उसको दूर कर रहा था। या तो हम दोनों की एक दूसरे से अपेक्षाएं ज़्यादा थी, या जब से मुझे राधिका मिली थी, उसके प्यार के सामने सबका प्यार छोटा लगने लगा था।

पूर्णिमा ने अकेलेपन को कुछ ज़्यादा ही झेला है और इसे दूर करने के लिए अनेक प्रयोग भी किए। उसका जीवन भी अपने आप में एक लम्बी दास्तान है जिस पर लिखी जाने वाली किताब सैकड़ों पन्नों की हो जाएगी।

एक दिन उसने फ़ोन कर चौंकाने वाली ख़बर सुनाई। बहुत खीझ गई थी अपने अकेलेपन से। एकान्तिक मानस अपनी देह की सीमाओं में अपना साथ खोजता है सो एक सहकर्मी के साथ नज़दीकियां बढ़ीं और इधर तो वह उस सहकर्मी के साथ हमबिस्तर भी हुई। फिर भी उसका कहना है- "शांति नहीं मिलती, मन में एक खिन्नता-सी हमेशा बनी रहती है...हर आदमी देह की चमक के आगे लपलपाने लगता है...शरीर से ऊपर उठ जाए ऐसी कुव्वत वाला अब तक तो नहीं मिला-" पता नहीं यह मुझे बता रही है या मुझे ललकार रही है, मैं सोचता रहा।

मैंने उसे समझाया- जो हुआ सो हुआ।

उस पर मेरा कोई अधिकार नहीं था लेकिन उसके 'अकेलेपन के एकमात्र साथी' का स्टेटस खोने का दर्द-सा महसूस हुआ। लगा कि चलो कोई नहीं एक साथी है जो शरीर के स्तर पर किसी और का भी रहे तो क्या बुराई! सिर्फ़ मेरा बनकर न भी रहे तो क्या!

लेकिन एक अजीब संशय हमेशा बना रहा। संवेदना भी उसके साथ थी तो उसकी भूलों पर आक्रोश भी बना रहा।

उसके जीवन में दुश्वारियां थी। पढ़ाई के चक्कर में लंबी छुट्टी मांगी गई थी, जो नहीं मिली। इसी बीच किसी मुद्दे पर विभाग ने अनुशासनात्मक कार्रवाई करते हुए उसे नौकरी से निकाल दिया। अचानक आर्थिक परेशानियों ने आ घेरा तिस पर अभी परीक्षाएं शेष थी। दो बच्चों की परवरिश, और कोई जमा-पूंजी पास नहीं। मकान छोड़ कर विस्थापित होने की त्रासदी अलग। इन अचानक आई दुश्वारियों ने उसके अकेलेपन को बढ़ाया, अकेलेपन के बोध को बढ़ाया या उससे निजात पाने की उसकी ललक को बढ़ाया- कुछ कहा नहीं जा सकता लेकिन इन अचानक आई विपरीतताओं ने उसमें कुछ बदलाव तो ला ही दिए थे।

वह फिर से जीवन के ऐसे मोड़ पर आ पहुंची थी जहां लाचार, बेबस और दिशाहीन थी, लेकिन उसमें हिम्मत थी। मैं उसकी सहायता करना चाहता था पर घोषित रूप से कभी उसे व्यक्त नहीं किया उसने भी कभी खुलकर कुछ मांगा नहीं। न ही कुछ कहा।

हमने सोचा था परिस्थितियां विपरीत होंगी तो शायद हमारी नज़दीकियां बढ़ेंगी। क्योंकि सहायता करने की हैसियत रखता हूं। हालांकि मन ने हमेशा चाहा कि वह स्वतंत्र और आत्मनिर्भर रहे। ऐसा उसे हमेशा सिखाता भी रहा। उसकी आत्मनिर्भरता से मैं मन-ही-मन प्रसन्न होता था। बातचीत होने पर, जो अब काफ़ी कम हो गई थी क्योंकि मेरे समय और मन पर राधिका बनर्जी का ज़्यादा अधिकार हो गया था, यह भाव रहता था कि उसे किसी प्रकार से उत्तेजित न कर पढ़ाई के लिए प्रेरित रखा जाए। उसकी जीवन धुरी अब पढ़ाई ही बन गई थी।

लेकिन रफ़्ता-रफ़्ता हमारे बीच सब ख़त्म होता गया। आत्मीयता के स्त्रोत सूख चले, अंतरंगता गतिहीन हो गई- एक-दूसरे पर मानसिक निर्भरता गई, शारीरिक तो पहले ही ख़त्म हो गई थी। फिर सिर्फ कुशल-क्षेम पूछने का सिलसिला रहा बाक़ी दिनों तक। उसके बाद-कुछ भी नहीं।

लेकिन पुरुष का कामुक मन सुंदर स्त्री की देह पर अपने अधिकार खोने का मातम तो मनाता ही है। गाहे-बगाहे यह विलगाव दुःखी तो कर ही जाता था।

कैसी विडंबना है कभी इतने पास होते हैं कि एक-दूसरे मे सांसे अटकी होती हैं। बदन परस्पर बद्ध एक ही आदिमता फैलाते हैं। एक-दूसरे के अधर जीवन का

आधार लगते हैं मगर वक़्त के साथ सब कुछ बेजान एक लाश-सा, जीवनविहीन, स्पंदनविहीन।

यह भी किसी न किसी प्रकार का श्राप ही होता है जीवन का, जब आपकी मित्रता ऐसे मर जाती है।

साथ साथ का अकेलापन

आज जब सुबह देर से उठा तो पाया कि कादम्बरी स्वीमिंग के लिए निकल चुकी थी। सुबह से शाम तक उसके घर से बाहर रहने पर कल ही में उस पर खीझ गया था। लेकिन फिर भी अपने पर काबू पाया। बात-व्यवहार को नियंत्रित कर ख़ुद को नियंत्रित रखा।

मगर शाम को टेनिस खेलने के बाद मैंने जल्दी खाने की इच्छा ज़ाहिर की और खाते समय उसे वॉट्सऐप पर देखकर कभी से आकार पाती मेरी चिड़िचिड़ाहट अचानक बिलबिला उठी।

मुझे लगा कादम्बरी संवेदनाओं से जुड़ने की कोशिश नहीं करती।

फिर अचानक रात में आए कार्यालय के कार्यों ने मुझे अन्यमनस्क कर दिया। मुझे बिना आपातकालीन स्थिति के बेवक़्त सरकारी कार्य में उलझना कभी पसंद नहीं रहा। ख़ासकर उन कार्यों को जिन्हें मैं योजनाबद्ध तरीके से वक़्त पर कर सकता हूं।

रात में सोने के समय जब कादम्बरी ने सेक्स की इच्छा ज़ाहिर की तो मुझे लगा यह बनावटी प्यार है। और इसमें सहज इच्छा कम किसी अलक्षित ग्रंथि का ही प्रतिकार है-क्रिया नहीं, प्रतिक्रिया। क्योंकि उसे मालूम है इससे संबंध ठीक रहते है, यह एक प्रायोजित उपक्रम-सा लग रहा था और इसलिए बात आगे नहीं बढ़ पाई। एक पल को ऐसा लगा कि कादम्बरी के प्रति मेरा सारा सायास संचित लगाव भी ख़त्म हो रहा है। उसकी आँखें मुझे निश्छल लगती हैं, शिशुवत् और इसीलिए जब कभी मुझे उसके प्रति अच्छे विचार लाने होते हैं या उसके प्रति अपनी दया को जगाना होता था तो उसकी नज़र बचाकर मैं उसकी आँखों को ही देखता था मगर आज वैसा भी कुछ न हो सका।

मुझे लगता है कि आँखों की गहराई में डूबने का बहुत शौक है। राधिका की गहरी आँखों में मैं अक्सर खोता जाता हूं और ऐसा लगता है इन आँखों के रास्ते दिल की धमनियों को घर बना लेता हूं। कादम्बरी के साथ प्रेम के दिनों में ऐसा ही था। अभी भी जब हम कोशिश करते हैं कि सब कुछ 'सामान्य' रहे, तो मैं उन आँखों में वही गहरापन और लगाव देखना चाहता हूं। लेकिन उसकी आँखों में 'वह' प्यार उभरे तब तो उन लहरों से उसके दिल के तह तक पहुंच जाऊं।

इसे ही अकेलापन कहते हैं शायद- जब आप साथ रहते हैं लेकिन सिर्फ़ शरीर से, मगर आपका मन दूर होता है। एक दूसरे को समझने, मन को पढ़ने एवं मन की करने की कोई इच्छाशक्ति नहीं होती। आप ऐसे समय अकेले ही होते हैं। शरीर के साथ रहने और मन के दूर रहने पर जो अकेलापन होता है वह आमतौर पर समझे जाने वाला अकेलेपन से ज़्यादा ख़तरनाक होता है- जब आप अकेले होते हैं, कोई आपके साथ नहीं होता- यह उससे भी ख़तरनाक है।

पति-पत्नी के रिश्ते में शायद यह जल्दी ही आ जाता है। एक उतार के बाद दोनों प्रयास नहीं करते और नीरस-सी ज़िंदगी जीने को शापित हो जाते हैं। मन वक़्त के साथ एक-दूसरे के प्रति दुराग्रहों से भर जाता है।

कुछ भी हो, सिगरेट के धुएं को हवा में छोड़ते हुए मैं सोच रहा था कि प्रेम-विवाह से प्रेम कितनी जल्दी बाहर होने लगता है। और कुछ दिनों बाद हर शादी-शुदा मर्द दार्शनिक बनने लगता है कुछ साधना की तरफ भागते हैं, तो कुछ पुनः दूसरे साथी के संधान में लग जाते हैं। वहीं कुछ अध्यात्म के नाम घर से बाहर ज़्यादा समय बिताने का एक बड़ा ही पवित्र बहाना ढूंढ लेते हैं। कुछ 'एक्सट्रीम टाइप' के लोग तो बनारस या हरिद्वार का रुख़ कर लेते हैं।

बरसात के आंसू

बारिश-दर-बारिश या यूँ कहें बूंदों का मौसम होता ही है प्रेमियों के लिए। बारिश की बूंदे ऐसी लगती हैं जैसे राधिका की हँसी आसमान से टपक रही हो। आसमान में छितराई काली बदली, उसकी जुल्फ़ हो और बूंदों की आवाज़ राधिका की मरमर। हर तुलना के लिए राधिका ही प्रतिमान बन गई है।

कादम्बरी ऐसी तुलनाओं में क्यों जगह नहीं बना पाती? क्या उसका जगह न बना पाना उसके पत्नी होने की वजह से ही है! या उसे पत्नी मानकर मेरा ही कोई मैकेनिज़्म उसे जगह बनाने नहीं देता। या हमारे अंदर और कोई मैकेनिज़्म है- हमसे स्वतंत्र जो हमारी अंतःक्रियाओं को नियोजित करता है।

"राधिका तुमने श्री 420 पिक्चर देखी है?"

"देखी है मगर कहानी याद नहीं है।" राधिका ने कहा- "नहीं, कहानी नहीं, वह गाना, एक ही छतरी में राजकपूर और नरगिस!

- "हां-हां- प्यार हुआ इक़रार हुआ"
- "गाना छोड़ो यह सोचो बारिश, एक छतरी, उसके नीचे दो महकते बदन और दोनों का एक-सा धड़कता दिल।"- मैंने पूछा।

मैं समझता हूं कि इस सीन में ईमानदार पिक्चराइज़ेशन के कारण यह मूवी लोगों के दिल-ओ-दिमाग पर अभी भी है और हमेशा बनी रहेगी।

कायनात की सुंदरता उस काली छतरी के नीचे छुपी थी। हर शख़्स अपने सपनों को उसी छतरी से जोड़ता है जो एक-दूसरे को एक साथ जोड़ती है- छतरी के डंडे को पकड़, दो बदन करीबतर होते अपने-अपने फैलाव को समेटे हुए। दृश्य में भावनाओं को जोड़ने के लिए छतरी थी, न कि बरसात से बचने के लिए- "तुम्हें याद है, बाद में दोनों छतरी को हवा में उड़ा कर कैसे स्वच्छंद बारिश में भीगते हैं।

"प्यार से फिर क्यों डरता है दिल

कहता है दिल रस्ता मुश्किल, मालूम नहीं कहां है मंज़िल…"

-"तुम्हें वह तो याद होगा जब हम कसौली की सड़कों पर ऐसे ही घूमा करते थे। वे सड़कें जिन्हें मैं हमेशा कहती थी कि सारा यूरोप घूमा लेकिन इतनी ख़ूबसूरत सड़कें, इतना प्यारा मौसम, ऐसी हवाएं…नहीं देखीं।"- राधिका ने कहा।

"वे लम्हे, वे पल सबसे अच्छे थे, वह शहर सबसे अलग लगता था क्योंकि वहां तुम थी जिसकी वजह से वह सब था। वे हवाएं तुम्हारे दुपट्टे को हवा में ऐसे लहराती थी जैसे हमें दुनिया के निगाहों से बेखौफ़ कर रही हो!"

"वह धरती की सबसे अज़ीज़ जगह है राधिका, क्योंकि उस जगह को हमारे प्रेम ने सींचा है। और याद है जब बादल गरजते थे तो हम कैसे एक-दूसरे में मारे डर के समा जाते थे कि कहीं कभी दूर तो नहीं हो जाएंगे।"

कहो कि अपनी प्रीत का

गीत ना

बदलेगा कभी…

तुम भी कहो इस राह का

मीत ना

बदलेगा कभी…

प्यार जो टूटा, साथ जो छूटा,

चाँद ना चमकेगा कभी…

हर बार बिजली का चमकना हमें आश्वस्त करता था तो बादल का गरजना डराता भी था। शायद प्रेम हमेशा डर-डर के ही रहता है। कभी समाज से, तो कभी उसके बनाए गए उसूलों से। कहीं कोई और, कहीं कोई परिस्थिति, कहीं कोई वाक़या, ऐसा न हो जाए कि कहीं कभी हम एक-दूसरे के न रहें।

"मैं न रहूंगी, तुम न रहोगे फिर भी रहेंगी निशानियां..."

पता नहीं प्रेम करो तो निशानियों की बड़ी ही ज़रूरत होने लगती है- प्रतीकों की। यह घड़ी सबसे अच्छी क्योंकि तुमने दी, यह रंग सबसे ज्यादा अच्छा क्योंकि ऐसा तुम्हें लगता। यह किताब अवश्य पढ़नी है क्योंकि तुमने कहा कि पढ़ो इसे। फिर ऐसे भी देखो मैंने कितनी चीज़ों को कहा कि तुम मुझे ख़रीद दो, क्योंकि तुम्हारे हाथ का हो, तुम्हारा दिया हो- यह बात मुझे सुकून देगी।

लेकिन यह 'निशानियां' जिनका गाने में ज़िक्र हो रहा है क्या यह मुमकिन हैं?- राधिका ने कितनी बार कहा- "मुझे एक छोटा तुम दे दो- ठीक तुम्हारी तरह जिसे मैं हमेशा अपने पास रख सकूं। जिसमें मैं तुम्हारा चेहरा देख सकूं।"

हम दोनों में से कोई भी एक दूसरे को यह ख़ुशी नहीं दे सकता। कानून और समाज की परवाह नहीं- बल्कि शरीर को इसके लिए हमने रोक दिया था। कभी लगा था हमें कि इससे बेहतर कुछ नहीं है। हमें क्या पता कि कुछ बेहतरीन लम्हे अभी आने वाले है जो निशानियों की चाह भी रखेगें।

ख़ैर! जो नहीं हो सकता उसका रोना क्यों रोए। लेकिन यह आश्चर्य है कि यह ख़याल बार-बार क्यों आता रहता है। और ख़ासकर बरसात के दिनों में कुछ और ज़्यादा।

लगता है अमृता-प्रीतम की किताबें पढ़ कर उन्हीं की तरह ख़्वाब भी देखने लगी हो। जब उन्हें बच्चा चाहिए था तो वे हर समय साहिर की कल्पना किया करती थी- साहिर की तरह दिखने वाला बच्चा हो, यही अभीष्ट बन गया था उनके गर्भवती होने के दौरान। उनका प्यार भी अजीब था और उससे भी अजीब थी प्यार की यह बात- जब एक लेखिका शब्दों की इतनी इफ़रात संपदा के बावजूद कभी-कभी सिर्फ़ और सिर्फ़ "साहिर-साहिर" ही लिखती रहती थी।

राधिका बोली, "तुम औरतों के प्रेम को नहीं समझोगे। किस सम्पूर्णता से वह अपने आप को समर्पित कर देती है। मैं भी अपनी ख़ुशियों में और जब हमारा शरीर एक दूसरे से मिल जाता है या जब मैं तुम्हारे साथ प्रेम करती हूं तब भी तुम्हारा नाम ही कहती रहती हूं।" 'ऑर्गेज़्म' के समय भी तुम्हारा ही नाम। सोचो जो नाम उस समय भी कंठ पर हो उसकी मेरी काया पर कितनी अमिट छाप होगी। ख़ैर,

छोड़ो इन बातों को, जब साहिर नहीं समझा तो तुम क्या समझ पाओगे।" राधिका ने लम्बी सांस छोड़त हुए कहा।

"नहीं राधिका, मैं साहिर नहीं तुम्हारे जीवन का इमरोज़ हूं। जो टूटकर तुम्हें चाहता है। तुम्हें तुम्हारी शर्तों पर यहां तक कि तुम्हारे साहिर के ख़यालों के साथ भी अपनाना चाहता हूं और ख़ुश रखना चाहता हूं। तुम्हें हंसते देखना तो मेरे जीवन की ख़्वाहिश है। तुम्हारी ख़ुशियां ही तो मेरा साया होंगी। यूं कहो कि मेरे लिए दाद-ए-सुख़न तुम्हारा मुस्कुराना है। दाद-ए-सुख़न तुम्हारी तबस्सुम है।" मैंने बड़े विश्वास के साथ उसकी आँखों में देखते हुए कहा।

बातें शायराना-सी हो आई थी। इश्क़ में शायर हो जाना पुरानी बात है। प्रतीकों और निशानियों के कारण अब तो आजकल के लेखक ने 'इश्क़ में शहर हो जाना' भी बख़ूबी बताया है। रवीश की यह किताब लघु प्रेम कथा थी लेकिन दीर्घकालिक प्रेम की दास्तान है जब शहर का हर कोना प्रतीक बन जाए।

राधिका ने लम्बी सांस छोड़ते हुए कहा, "लेकिन पता नहीं हर 'कपल' ऐसा क्यों नहीं होता। मेरा तो परिवार भी अजीब है, न तो पति बोलता है, न मुस्कुराता है, न प्यार जताता है, और न ही मेरा बच्चा ही कभी कुछ खुलकर बच्चों-सी बातें करे- हँसी-ठिठोली करे। मैं अजीब पागलपन-सा जीवन जी रही थी। उम्र के जिस पड़ाव पर मैं खड़ी हूं, वहां शादी का मतलब 'केयर' और 'अंडरस्टैन्डिंग' होता है। तसल्ली तब होती है जब पति भावनाओं को समझे, शरीर का सुख न दे सके तो कोई बात नहीं। लेकिन उसकी बातें जीवन में नूतन ऊर्जा और ऊष्मा दे सकें। अब कटाक्ष और कटुता सही नहीं जाती। तभी तो तुमने मुझे बड़ी असानी से पटा लिया, मेरे दिल को जीत लिया।"

"और अब तो लगता है, दिल तुम्हारा गुलाम हो गया है। मेरे जैसा जिद्दी, 'स्टबर्न' और किसी की न सुनने वाला तुम्हारी हर बात को मानना चाहता है, करना चाहता है। तुम्हारे हुक़्म में जीना चाहता है। तसव्वुर में भी तबस्सुम तुम्हारे नाम से ही आता है, अब तुम्हारे लिए तड़प है।"

यह बातें कहते कहते राधिका अतीत में खो गई। न जाने किन बातों को याद करके उसके चेहरे पर अनें भाव तैरने लगे। और ऐसे कुछ भावों पर उसकी आँखों से आंसू निकल पड़े-

राधिका ने इन आंसुओं के साथ कहा-

"...यह आंसू निकलकर गालों पर बहते हैं तो ऐसा लगता है जैसे प्यासी धरती पर बरसात की बूंद हों! तृप्त-सी यह आंसुओं की तपिश लगती है। यह आंसू भी तुम्हारे ही दिए हुए हैं इसलिए अच्छे लगते हैं। देखो तुमने तो पत्थरों से भी आंसू निकाल दिए। इन आंसुओं को बरसात की बूंदों में मिल जाने दो...

"तुम नहीं देखना चाहते हो...इसलिए तुम्हें भी बरसात पसंद है।"

लुटियन्स दिल्ली के गलियारे

पंडारा रोड, शाहजहां रोड के बगल में, यहीं 'यू.पी.एस.सी.' के भवन को देखकर, बहुत बड़ा नौकरशाह बनने के सपने पाले गए थे।

जब दिल्ली यूनिवर्सिटी में पढ़ने आया था तब सब नए दोस्त बने थे। इन्हीं में से सुमन का घर भी पंडारा रोड पर ही था। उसके पिता बहुत बड़े 'जर्नलिस्ट' थे और उनको यहां सरकारी मकान मिला हुआ था।

सोचता था कभी पंडारा रोड में अपना भी घर हो।

अपने दोस्तों से उधार ली बाइक पर कादम्बरी के साथ इंडिया गेट से लगती हुई सारी सड़कों पर बेसबब चक्कर लगाए जाते थे। चिपक कर बैठने और 'किस' करने के अवसर जुटाए जाते थे। आज से 25 वर्ष पहले यहां बहुत कम भीड़ हुआ करती थी। गाड़ियां बहुत ही कम मानो औरंगज़ेब रोड, शाहजहां रोड हमें औरंगज़ेब और शाहजहां के ज़माने की दिल्ली में ले जाते थे। लेकिन सबसे ज़्यादा पसंद थी पृथ्वीराज चौहान रोड- इरादा कर रखा था कि अगर घर वाले कादम्बरी के साथ शादी को राजी नहीं हुए तो पृथ्वीराज चौहान जैसे ही संयुक्ता उर्फ़ कादम्बरी को घोड़े पर बिठाकर भगा ले जाना है 'यामहा-100 सी.सी.' बाइक पर।

और पंडारा रोड इसलिए क्योंकि यह रोड सबसे पहले देखी थी। दिल्ली, जो शासकों की थी उस दिल्ली के किसी कोने को पहली बार झांका था।

कादम्बरी को मैं अक्सर कहा करता था- अगर किस्मत अच्छी रही तो यहां की सड़कों पर नहीं इन घरों में से किसी के अंदर रोमांस करेंगे। इन मकानों की छत से तुम्हें अपनी बांहों में लेकर इंडिया गेट को देखा करेंगे।

यहां की बाल्कनी में चाय पीते हुए सुप्रीम कोर्ट की ओर देखकर यह फैसला भी हम ही देंगे -'हमारा तुम्हारा शादी का निर्णय हर तरीके से संवैधानिक, सामाजिक

और हृदयसम्मत है।' देखो इश्क़ फ़रमाते-फ़रमाते हमने पढ़ाई भी की, परीक्षाएं भी पास की और अब देखो यह मकान, यह यहां की हरियाली, यहां का पावर सब हमारे प्यार को कितना 'इनटॉक्सीकेट' करते हैं, कितना मदहोश करते हैं! यह मनमोहक होगा मेरी मोहिनी!

कादम्बरी कहती थी, कहीं नज़र न लग जाए। 'टच वुड' करो। और फिर किसी लकड़ी को 'टच' करवा लेने की उसकी ज़िद।

एक बार उसने एक मंदिर में कहा था- "नंदी के कान में अपनी मुराद मांगो, पर दूसरे कान को बंद रखना। शिवजी से कुछ मांगना होता है तो नंदी के माध्यम से ही मांगते हैं।"

ऐसी आस्था नहीं थी मेरी, लेकिन बड़े ही मन से मांगा। अपने उफनाते-गहराते प्यार को मांगा। कोई रिस्क नहीं लेना चाहता था। यह बात किसी भी विमर्श या तर्क से परे रखना चाहता था।

वह महीना भी सावन का ही था। बरसात का महीना, उसके जन्मदिन पर बाइक से घूमते हुए भीग जाना। भीगते हुए वापस प्रीतमपुरा आना और भींग कपड़ों में एक-दूसरे के साथ प्रेमपूर्ण लिपट जाना।

वह आग, वह तृष्णा और वह 'काम' हमेशा कहते थे तुम दोनों एक-दूसरे के लिए परफेक्ट मैच हो।

वर्षों बाद आज दिल्ली में ही हम दोनों हैं, लेकिन इस बार बरसात ने उस आग को धो दिया है। रिश्तों में कड़वाहट है, बादलों की गर्जना से अब संगीत नहीं संशय पैदा हो रहे हैं। बारिश की बूंदों में आंसू की धार स्पष्ट दिखती है। अब कोई न तो इन आंसुओं से विचलित होता है न ही इन्हें पोछने का प्रयास करता है।

अब बारिश में क़ागज़ की क़श्ती में ही आगे बढ़ना चाहते हैं। भूल गए कि यह क़श्ती तो सिर्फ़ सपनों को बिठा सकती है। यह सपने अब अलग तरह के हो गए हैं। सपने अब भी कश्ती पर सवार हैं- ख़ुशियां अब भी तैरती हैं लेकिन पहुंचती है राधिका के घर।

उसका घर भी इसी दिल्ली में है।

बड़े-बड़े घरों का अकेलापन

राधिका का घर नाम का ही घर है। उसका ओहदा लुटियन्स दिल्ली में उसका मकान, सरकारी ख़र्चे पर विदेशों के दौरे, ऊंचे नौकरशाहों तक पहुंच और ख़ुद एक बड़ी महत्वपूर्ण अधिकारी होने के नाते पद से जुड़ी गरिमा- एक स्वप्न जैसा जो मैंने कभी देखा था, राधिका के पास वह सब है, लेकिन राधिका नाख़ुश है, क्योंकि उसका पति उतना ही असंवेदनशील और सिरफिरा है। न बोलता है, न हँसता है, न प्यार जताता है और न ही प्यार कर पाता है। घर पर आते ही लगता है सारी ख़ुशियां उसकी चौखट से ही 'अल्लाह-हाफ़िज़' कर विदा ले लेती हैं। और फिर उसकी शाम, उसकी रात और उसकी सुबह-'फिर वही कुंज-ए-कफ़स, फिर वही सैयाद का घर- सूनापन और घोर अकेलापन।

कभी-कभी यह अकेलापन जानलेवा-सा हो जाता था। नतीजतन, राधिका ख़ुदकुशी की कोशिश भी कर चुकी थी। प्रयास तो विफल हो गया था लेकिन घुट-घुट कर जीना तो जैसे उसकी हस्तरेखा में उकेर दिया गया हो।

सच है उसका पति उससे इतनी कम बातें करता है कि लोग जब किसी रेस्तरां में जाते हैं तो वेटर से भी ज़्यादा बातें कर लें। इतने कम शब्द कि अगर गिनती करो तो किसी भी कॉल सेन्टर वालों से भी ज़्यादा बातें आप कर लेते हैं जबकि उसकी बातों या प्रस्तावों से आपका कोई सरोकार नहीं होता। वह अपनी ग्रंथियों से जूझता-सा लगता, लगता, उसके भीतर तो एक संलाप अनवरत जारी है।

बस बाह्य-संताप में वह भागीदार नहीं होता। शायद रिश्तों में मौन की क्रूरता भी वह जानता था और प्रायः इसका इस्तेमाल भी करता था।

राधिका कहती है यही अकेलापन तो मुझे तुम्हारे पास ले आया, नहीं तो मैं विचारों से इतनी दकियानूसी और पति के प्रति पागलपन की हद तक समर्पित थी कि किसी और का ख़याल तो कभी सपने में भी नहीं आया था।

मैं कहता था ऐसा नहीं है राधिका तुम्हारा और हमारा मिलन एक 'डेस्टिनी' था। देखो हमारे विचार, व्यवहार और वजूद किस तरह एक से हैं। अरे यार यह तो 'डी.एन.ए.' मैच है। तुमने पाउलो कोहेलो की 'अलकेमिस्ट' पढ़ी है न। मेरी समझ से 'पाउलो' की भाषा में, सारी कयानात हमें मिलाने की एक साज़िश कर संयोगों को इक्ट्ठा करने में मुब्तिला रही है। यह कोई 'डिवाइन डिज़ायर' है जिसे हम जैसे नश्वर पूरा कर रहे हैं।

वह हमारा एक प्रोग्राम में मिलना, तुम्हारा सरकारी नोट पैड, हमारी और तुम्हारी चाय की दूसरों से अलग एक-सी पसंद और बातों में अनेक 'कॉमन' चीज़ें। यह सब जो हमारा अकेलापन था उसे दूर करने के लिए नियति ने रचा था। हमारे पूर्वजन्मों और इस जन्म के अच्छे कर्मों के फल के रूप में। तुम्हारी पूजा के प्रसाद के रूप में और मेरे सपनों को पंख देने के लिए। अकेलापन तो था ही हमारे जीवन में, लेकिन नियति का हमारे ऊपर मेहरबान होना यकीनन हमारी हसरतों को संवारना था। ख़ुशियों का समंदर जो मिला है वह मेरे और तुम्हारे दिल की लहरों से बना है।

लेकिन हमारे मिलने से उसका अपना घर अच्छा लगने लगा हो ऐसा कहां हो रहा है! अक्सर अपने घर में राधिका उदास रहती है। अपने पति का प्यार और स्नेह पाने के लिए। आख़िर घर ता घर जैसा लगे तभी सुकून मिलेगा जीवन में।

अगणित अवसादों की रात

यह रात अलग-सी थी।

यह हसीन नहीं थी।

बे-सुकूं थी।

अब सब कुछ स्पष्ट-सा हो गया।

यह खौफ़नाक भी नहीं था।

अब दिशा ज्ञात हो गई थी।

यह ज्ञात का भय था

'सारी सोची हुई दुर्घटनाएं घटकर सच हो रही थीं'- बहुत भीतर दुष्यंत कुलबुलाते थे।

लेकिन यह न तो कयामत की रात थी न ही 'एनलाइटमेंट' की।

यह रात तो सिर्फ संभावनाओं के सिमट जाने की रात थी

यह रात सपनों के संकुचित हो जाने की रात थी

यह रात चाँद की बिछड़ी चाँदनी को समेट कर चाँद का उपहास करने की रात थी।

रूमानियत रही होगी जब राहत इंदौरी ने कहा था-

रोज़ तारों को नुमाइश में ख़लल पड़ता है

चाँद पागल है अंधेरे में निकल पड़ता है।

लेकिन इबादतें ख़त्म हुईं

आज चाँद को रुख़्सत करने की रात है।

यह परछाइयों से भी डरने वाली रात थी। यह एक दिल, एक जान को फिर से दो दिल, दो जान में बदल देने वाली रात थी। यह फिर दो हो जाने की रात... फिर भटकाव...उलझनें...औसत-सी दिनचर्या और सब कुछ बेहद मामूली-सा।

यह रात अगणित अवसादों की थी।

कादम्बरी के साथ बहस और तक़रार ने दूरियां बहुत पहले बढ़ानी शुरू कर दी थी। विशेषतः इन पच्चीस वर्षों में पिछले पच्चीस महीने और भी बुरे गुज़रे। हर बात में तानाकशी दोनों की ही प्रवृत्ति-सी बन गई थी। बातें कम और बहस ज़्यादा। हर अंतरंगता अब कलह में बदल जाने के लिए अभिशप्त हो रही थी। मुझे लगता भी था कि स्थितियां काबू से बाहर होते जा रही हैं मगर फिर मैं सब कुछ को समय के प्रवाह पर छोड़ देता। अब रिश्तों की ख़ुशबु मुल्तवी हो रखी थी और हम दोनों किसी न किसी प्रकार से अपने को व्यस्त रखकर बस रिश्तों में बंधे रहना चाहते थे। रिश्ते सूखते जा रहे थे।

बीच में बातों को पटरी पर लाने की कोशिशें भी जारी थी। गोवा में छुट्टियाँ मनाने गए, वहां बातें हुईं और वादा किया गया कि रिश्तों को फिर सींचा-संवारा जाएगा। लेकिन दोनों अपने तौर पे कायम रहे और अब तो लगता था कि मरे साथ कादम्बरी ने भी सब कुछ समय के प्रवाह पर ही छोड़ दिया था। दोनों एक दूसरे को उपलब्ध थे पर दोनों एक दूसरे से उकताए हुए थे।

इन दिनों कादम्बरी अजीब मानसिकता में जी रही थी। हमेशा खटराग-'...तुमसे शादी नहीं करना थी। मैं पहले भी यह सोची थी कि तुमसे शादी नहीं करनी थी और कर के मैंने ख़ुद ही ज़िंदगी बर्बाद कर ली...शादी के बाद आपकी माँ ने ऐसा बोला था तो आपकी बहन ने ऐसा बोला था। मैं अपने सास-ससुर का तो ख़यालल रखती हूं लेकिन पहले वे मेरा ख़याल नहीं रखते थे।

मैंने कई अवसरों पर प्रतिकार भी किया-"जब हम दोनों ने ही 'लव-मैरिज' का निश्चय किया था तो हम जानते थे कि ऐसा हो सकता है। हमने इससे भी बुरा सोचा था, लेकिन इतना बुरा भी नहीं हुआ। रिश्ते शादी के बाद के शुरुआती 'मिस-

अंडरस्टैंडिंग्स' इत्यादि के बाद अच्छे ही रहे, और आजकल तो बहुत ही अच्छे हैं। फिर इन बातों की चर्चा क्यों? अगर हुए भी थे तो उस समय बताना चाहिए था जब उस समय नहीं बताया तो, आजकल क्यों बताया जा रहा है? हमेशा मेरे सवाल एक छोटे सन्नाटे में बदल जाते थे जिसे कादम्बरी का कोई असंदर्भित कटाक्ष ही काटता था।"

पति-पत्नी के रिश्तों का टाइम-बाउंड क्षय विभिन्न रूपों में सामने आ रहा था।

राधिका के साथ प्यार इन्हीं दिनों पनप रहा था। लेकिन इसके बावजूद घर में कादम्बरी की बेरुख़ी और शिकायती लहज़ों के कारण मैं अक्सर परेशान हो जाता था और सोचता था कि ऐसा क्यों नहीं होता कि मुझे जो यहां नहीं मिल रहा है वह राधिका से पाकर क्यों अपने को संतुष्ट नहीं रख पाता।

कादम्बरी ने स्वयं को असहाय और मुझे दुनिया का सबसे, मक्कार लम्पट और संवेदनहीन पति घोषित कर दिया था। उसकी सामान्य बातें भी अब मुझे सियापा लगने लगी थी। उसने हर बात पर ख़ुद को प्रताड़ित के रूप में प्रस्तुत करना आरम्भ कर दिया था। बदलती स्थितियों से निपट पाने की उसकी अक्षमता ने उसे विभ्रम में डाल दिया था, जिससे निकलने का एकमात्र रास्ता उसने खोज निकाला था- कलह...आरोप...कटाक्ष।

मेरे व्यवहार में भी बदलाव लक्षित होने लगे थे अब संयम और धैर्य जल्दी चुकने लगे थे और क्रोध हर उतावली के साथ तैयार रहता था। बहुत जल्द क्रोध भाषा से बाहर आकर भंगिमाओं और कलापों में दिखने लगा- कभी प्लेट पटकना, तो कभी टेबल पर रखे सामान को फेंक देना- यह मुझसे बार-बार होता। एक दिन दोपहर के समय बहस के तीखे में हम दोनों ने समान को फेंकना शुरू कर दिया। कई कीमती समान टूटे। एक दिन बेडरूम की दीवार से टंगा एल.सी.डी. भी मेरे गुस्से का शिकार बना। यह एक मिडिल क्लास परिवार के लिए आर्थिक रूप से कोई छोटा-मोटा नुकसान नहीं था, लेकिन उससे भी बड़ा नुकसान बीच के विश्वास का था। बस लगता था कि किसी नाजुक डोर से यह विश्वास अब भी जुड़ा हुआ है। दीवार से टंगी हुई किसी तस्वीर की तरह। लेकिन जो किसी भी छोटे से झटके में ही छिटक के दूर जा गिर पड़ेगी।

बीच-बीच में कलह मार्मिकता में भी बदल गई। अभी दो महीने पहले ही गोवा में, मैं और कादम्बरी मिलकर रोए थे। दूरियों को कम करने और एक दूसरे के बीच के खोए प्यार को वापिस लाने के संकल्प के साथ इस मार्मिकता ने अपनी परिणति को प्राप्त किया था। मैंने अतीत के इंटेंस वाकयों को याद कर कादम्बरी के प्रति अपनी बची-खुची ऊष्मा को भी जगाने की कोशिश की- विश्वविद्यालय से सटे 'रिज' पर कादम्बरी की गोद में सिर रखकर लेटा मैं...दिल्ली की चहलकदमियों के बीच कनाट प्लेस के चौराहे पे खड़े होकर 'स्टेट्समैन' की ऊंची बिल्डिंग को ताकते हम... कादम्बरी की शादी के लिए अमेरिका से प्रस्ताव, मगर मेरी संभावनाओं मात्र पर विश्वास कर उसका इस अमरीकी रिश्ते को मना करना... कादम्बरी के पिता को कैंसर था और ज़्यादा दिनों तक ज़िन्दा रहने की उम्मीद नहीं बची थी। तब एक-दूसरे से बिछुड़ने की संभावना पर ही कादम्बरी की आँखों से आंसू छलक कर मेरे आँखों में सीधे गिरे और मेरी आँखों से बह गए।

लेकिन आज एक दूसरे को रुलाने को ही मन करता है। लगता है, अगर अगला रोए तभी समझेगा कि दर्द कैसा होता है। दिल में इच्छा होती है कि तुम रोओ कि तुम्हें प्यार नसीब नहीं हो पा रहा है तो इसमें गलती तुम्हारी ही है।

शायद मेरा सर्विस बैकग्राउंड भी मेरे व्यवहार के लिए ज़िम्मेदार रहा हो। प्रशिक्षक होने के कारण अपनी सारी संवेदनशीलता और सहृदयता के बावजूद स्वर में हमेशा तीखापन रहता है। प्रशिक्षक को झूठा गुस्सा, आवाज़ में कड़क और अनुशासन के प्रति पूर्ण समर्पण आवश्यक है। यह चलन मेरी आदत बन गया। लेकिन एक प्रशिक्षक के कठोर व्यवहार के पीछे हृदय की कोमलता प्रशिक्षु को भी प्रशिक्षण के बाद में ही दिखती है। लेकिन पति-पत्नी के रिश्ते में प्रशिक्षण जैसी कोई ख़त्म होने वाली चीज़ नहीं है। तो आख़िर कब कठोर चेहरे के पीछे की कोमलता कादम्बरी जान पाएगी?

कॉलेज के दिनों में शायद एक बरस प्रेम में होने के बाद आज भी मुझे याद है जब कादम्बरी के साथ एक पार्क में घूम रहा था, बहुत करीब से एक-दूसरे का हाथ पकड़कर, अल्हड़पन के साथ। एक-दूसरे के शरीर के स्पर्श से नहीं बल्कि स्पर्श की चाह में भी अजीब-सी उत्तेजना जग जाती थी। वसंत ऋतु के दिन थे, मुझे तो तारीख़ भी याद है, 10 फरवरी। घूमते-घूमते उसके पास आकर अचानक मैनें उसे बांहों में ले लिया और उसके होठों पर होठ रख पहली बार जीवन में 'किस'

किया था। यह एक आदमियत का अहसास था। इतनी गरमाहट होंठों से होंठों के मिलन की पहली बार अनूभूत की गई थी। फिर दोनों की सांसों के लावे से सारा बदन सिहर गया। एक सिहरन-सी होंठों से निकल देह को झनझनाती हुई ज़मीन में समा गई थी, सब क्षणांश में हुआ था। लेकिन उस क्षणभंगुरता ने ही जैसे हमें सम्बद्ध कर दिया था- शाश्वत।

पति-पत्नी के रिश्तों में न जाने बरस-दर- बरस किन चीज़ों की परतें जमती जाती है कि एक-दूसरे का न तो प्यार दिखता है न ही एक-दूसरे का ख़याल ही रह जाता है।

विदाई या अलगाव की शुरुआत

राधिका जी के तबादले पर मुझे उनके द्वारा इस विभाग में बिताए गए दिनों के स्मरण हेतु आज कहा गया है। यह अपने आप में ही रोमांचित करने वाली ज़िम्मेदारी है।

आदरणीय वरिष्ठगण एवं स्नेही सहकर्मियो,

"महोदया के जाने के बाद, एक शून्य सा उत्पन्न हो जाएगा। आधार चाहिए होगा, हम सबको...क्योंकि हमारे कार्यालयीन जीवन का एक स्तम्भ जा रहा है।" 'कार्यालयीन' दूसरों ने सुना होगा मेरे लिए मात्र 'जीवन' ही अनुगुंजित रहा।

"जीवन में दर्शन, सौंदर्य-बोध एवं सृजनात्मक सामंजस्य से जो रचनात्मकता फूटती है वह आपको असाधारण, अतुलनीय और अद्भुत बना देती है- एक व्यक्ति, एक विचारधारा और एक विश्वास को जन्म देती है जिसे हमारे समकालीन सहकर्मियों ने राधिका जी के रूप में देखा है। महोदया, आपके जीवन के पहलुओं पर बोलने का अवसर पाना ही अपने आप में गरिमामयी है। अकथनीय यात्रा-गाथा है आपकी। व्यवसायिक उत्कृष्टता, प्रेरणामयी नेतृत्व एवं साथ कार्य करने की सहज भावना को कोटि-कोटि साधुवाद! सर्वथा मौलिक सोच एवं अपने सहकर्मियों के लिए विराट हृदय, हमने आपसे सीखा है तथा इन मूल्यों को सींच रहे हैं। आपके इस विभाग के मुखिया के रूप में किए गए प्रयासों को याद करना एक अलग अनुभूति है।"

"मेरे लिहाज़ से नित नूतन प्रयास, अभिनव प्रयोग एवं नए प्रतिमानों को गढ़ने वाला व्यक्तित्व हमारे बीच से जा रहा है। नई ऊंचाइयों को छूने के लिए प्रेरणा देने वाला एक व्यक्तित्व जा रहा है।"

> – मैडम, वी हैव सीन फुटफॉल्स ऑफ़ मैनी ऑफ़िसर्स बट यू हैव मेड फुटप्रिंट्स इन माय हार्ट...वी विश यू ऑल द बेस्ट इन योर न्यू असाइनमेंट।"

मेरा फेयरवेल स्पीच अचानक ही समाप्त होता-सा लगा। कुछ और औपचारिक शब्दों एवं संदर्भों का ज़िक्र आमतौर पर होता है। लेकिन दिल से जब आवाज़ निकलनी शुरू होने लगे तो फॉर्मल ओकेज़न या गेदरिंग में चुप होना ही बेहतर है।

उस स्पीच की अंतिम पंक्ति को लोगों ने नज़रंदाज़ किया होगा यह समझकर की ग्रामर की छोटी भूल है, भावों की नहीं-

यू हैव मेड फुटप्रिंट्स इन 'माय' हार्ट की जगह 'अवर' हार्ट्स होना चाहिए था। 'अवर' वैसे ठीक था। राधिका ने सबको इम्प्रेस किया था अपनी कार्यशैली से, मिलनसार व्यक्तित्व से। लेकिन यहां तो मैंने दिल का मामला ही रख दिया, वह जो भावों में बहकर कह गया उसे सिर्फ़ राधिका ने ही पकड़ा।

सबने तालियां बजाकर अच्छा बोलने के लिए, मुझे दाद दी। वहीं राधिका ने जब अवसर पाया तो एक लाइन लिखकर मेरे पास सरका दी-

'यू शेल नेवर एवर कम और मीट मी इन माय ऑफ़िस।'

यह पर्ची देते समय राधिका गंभीर और औपचारिक-सी थी, जैसा उसका व्यवहार होना ही चाहिए था क्योंकि मैं जूनियर था। यह भी संयोग की बात थी कि दोनों को इस सरकारी 'प्रोटोकॉल' में अलग-अलग संगठनों में काम करने के बावजूद प्रतिनियुक्ति पर एक ही विभाग में साथ काम करने का अवसर मिला था, मगर मात्र लगभग दो वर्षों का अल्प समय ही।

राधिका से यह प्रेम शायद किसी 'टेन्योर' सा रहा। हम नौकरशाह इन सरकारी लफ़्ज़ों या शब्दावली से आगे की सोच भी नहीं रख पाते। मानो प्रेम एक पोस्टिंग हो गया है, एक टास्क हो गया है। जब पूरा होगा, हम आगे बढ़ जाएंगे।

पता नहीं क्यों यह सब आज इस तरह से सोचने का मन कर रहा है। हम दोनों ऐसा नहीं चाहते हैं। लेकिन मन है कि सब कुछ रंगमंच के किसी नाटक-सा जुड़ जाए। कहानी शुरू हुई है तो ख़त्म भी होगी।

मैं राधिका से कहता था "जब रिटायरमेंट के बाद तुम कोलकाता में अपना घर बनाओगी तो वहां साल में कम से कम दो बार आऊंगा, तुम्हारे हाथों की चाय पीने।"

वह पूछती थी, "क्यों?" तो मैं कहता था, "इससे ज़्यादा मैं ट्रेवल नहीं करूंगा।"

जवाब में राधिका कहती थी तो फिर मैं भी दिल्ली में ही रहूंगी। तुम्हारे आस-पास, फिर जब मर्ज़ी चाय पीने आ जाना।

फेयरवेल फंक्शन ख़त्म हुआ और लोग घरों को लौट गए। पूर्व-निर्धारित प्रोग्राम के अनुसार अलग-अलग गाड़ियों में आकर खान मार्किट के 'कैफ़े टर्टल' में हम कॉफ़ी पीने के लिए मिले।

इस जगह से हमारी बहुत सारी यादें जुड़ी हुई हैं।

मुझे याद है, जब पहली बार मैंने और राधिका ने मिलने का निश्चय किया था तो यहीं पर मिले थे। यूं कहें कि पहली डेट पर कॉफ़ी के लिए 'कैफ़े टर्टल' को चुना गया था। किताबों की दुकान के साथ कॉफ़ी और 'स्नैक्स'(वेस्टर्न ज़्यादा)- 'टर्टल' एक 'कॉनसेप्ट कॉफ़ी शॉप' है। एक बेहतरीन जगह जहां 'टेरेस' पर आप 'स्मोक' भी कर सकते हैं। ऐसे लोग ही यहां आते हैं जो एक पुरुष या स्त्री को देखकर घूरते या कयास नहीं लगाते कि प्रेमी-प्रेमिका है या पति-पत्नी। स्वच्छंद वातावरण होता है। आप मुक्त रहते हैं अपने दिल की बात करने के लिए।

कॉफ़ी पीते समय मैंने राधिका के हाथ को छुआ। उसे पहली बार टच किया था। राधिका इस छुअन से ही 'पैशनेट' हो गई थी। उसकी सांसों और भावों में मादकता छा गई थी। सिर्फ़ एक बार हाथ से हाथ का छू, लेने पर इस उम्र में इतनी उमगन- शायद कोई विश्वास न करे।

लेकिन यह घट रहा था। आँखों में नाजुक-सा नज़ारा था। "सेन्सुअस एंड फुल ऑफ़ लव।"

यह आश्चर्य भरा पल था दोनों के लिए।

राधिका ने कहा कि उसे आज तक किसी ने इतने प्यार से छुआ ही नहीं। उसके पति ने भी नहीं।

उसे मालूम ही नहीं था कि सिर्फ़ हाथ पकड़ने से ऐसे भाव उमड़ पड़ेंगे। यहां तक कि राधिका मुझे 'किस' करना चाहती थी। 'कैफ़े टर्टल' से उतरते समय

उसने मुझे 'किस' करने को कहा। लेकिन पब्लिक प्लेस होने के कारण मैं हिचकिचा रहा था। हालांकि उसकी आँखों में प्यार उमड़ रहा था, एक आशा थी प्यार की। मैंने किसी तरह साहस कर उसके होंठों से अपने होंठ को सटाकर उसकी इच्छा पूरी कर दी। लेकिन अब हम दोनों की इच्छाएं सदा-सदा के लिए बढ़ गई थीं।

आज दोनों फिर वहीं मिल रहे थे।

आज माहौल अलग था। मैंने राधिका से पूछा- "तुमने ऑफ़िस में मिलने से क्यों मना किया। अगर मैं तुमसे ऑफ़िस में नहीं मिल सकता तब तो मिलने के अवसर ही बहुत कम हो जाएंगे।"

"सोचा फिर कैसे मिलेंगे, कहां मिलेंगे और मिलें भी क्यों नहीं। सरकारी अधिकारी हैं। मिलने का कारण भी सरकारी हो सकता है। मिलने पर किसी को कोई शक होने का कारण भी नहीं। मैं इसी बहाने तुम्हें देख तो सकता हूं।

"नहीं तुम मिलते हो तो मेरा दिल काबू में नहीं रहता है। मैं भावों में बह जाती हूं। मेरा मन करता है तुम्हें बांहों में ले लूं, तुम्हें 'किस' करूं, तुम्हारे साथ प्यार भरी बातें करूं।"- राधिका ने कहा।

स्त्री का प्रेम कितना 'इन्टेन्स' होता है। इसका आभास मुझे पहली बार हुआ। कितने त्याग के लिए तैयार रहता है स्त्री दिल! न देख पाए तो न सही। लेकिन देख कर दिल को छलावा नहीं दे सकते। लिपटने का मन करेगा तो लिपटेंगे। प्रेम को जी-भर के जिएंगे- आँखों से, भावों से, मन से।

"नहीं-नहीं, ऑफ़िस में ऐसा कुछ भी नहीं होगा। हम ठीक से ही मिलेंगे। तुमसे औपचारिक बातें करके चला जाउंगा।" मैंने समझाया।

"ऐसा तुम सोचते हो, लेकिन यह मेरे लिए संभव नहीं होगा। तुम प्लीज़ कभी मत आना मुझसे मिलने।" पता नहीं वह ऐसा क्यों बोल रही थी। लेकिन यह तो समझ आ ही रहा था कि अब अलग हो रहे हैं। मजबूरी! कोई दोषारोपण नहीं है, क्योंकि वह प्यार तो अकूत करती है लेकिन यह दूरी इसको भी ख़त्म कर देगी।

प्याररूपी ज़ख़्म पर दूरियां मरहम-सा काम करती है। ज़ख़्म धीरे-धीरे भरने लगता है। पहले दर्द ख़त्म हो जाता है, फिर उसका 'मवाद' सूखने लगता है। धीरे-धीरे ज़ख़्म का आकार छोटा होता जाता है और अंततः ख़त्म-सा हो जाता है। ज़ख़्म गहरा हो तो एक दाग़ हमेशा के लिए वहां मौजूद रहता है। जब कभी-कभार आपकी नज़र वहां पड़ती है तो सारा वाकया आपकी आंखों के सामने पल भर में गुज़र जाता है। एक लंबी सांस लेने और छोड़ने तक में यह कहानी सिमट जाती है।

मेरे और राधिका के बीच अब सिमट कर मिट जाने का समय हमेशा राधिका ही तय करेगी। मैं तो उसका आकांक्षी ही बना ही रहूंगा।

प्रेम में डर-मृत्यु का भय

जब आप प्रेम में होते हैं तो मृत्यु से भय लगता है।

भय आइसोलेशन में नहीं पनपता किसी मोह से ही जागता है...जितना मोह उतना भय...जितना प्रगाढ़ भय...जितना प्रगाढ़ मोह, उतना प्रगाढ़ भय।

आप जीना चाहते हैं। और हाल तक जो निराशा थी, अचानक उससे परे जाना चाहते हैं। वही दुनिया इरफ और सिर्फ़ एक व्यक्ति के कारण आपको इन्द्रधनुषी रंगों में नहाई लगती है। सूरज की प्रखरतम किरणें भी आपको नहीं तपाती, न ही अमावस आपका तिमिर बढ़ाती है।

आप मानने लगते हैं, सूरज फिर से ठंडा होकर आपको सुखद तपिश देगा और चाँद की चाँदनी लौटेगी। मगर न जाने सारी सोची हुई ख़ुशगवारियां फलित क्यों नहीं होती!

अचानक एक दिन राधिका को रूटीन चेकअप के दौरान सीने में एक गाँठ का पता चला पहले सोनोग्राफ़ी, और फिर बायोप्सी। डॉक्टर ने कहा 'बेनाइन' है मगर आगे चलकर 'मेलेग्नेंसी' (कैंसर) डेवलेप हो सकती है।

राधिका ने पहली बार अपने को डरा हुआ पाया। मृत्यु का भय। शाश्वत भय। पार्थिव को अवश्यंभावी का भय। फ़ानी को फ़ना का डर। कुछ महीने पहले उसको लगता था अगर मर भी गए तो क्या। कौन जीना चाहता है और उसके जीने से किसको सुख का आभास होता है।

मगर मृत्यु का भय अन्य सभी भयों से बड़ा होता है- अवसन्न-सा करता है चेतना की दृष्टि को अस्थिर और मानस को तटस्थ। इसमें कुछ भी कृत्रिमता नहीं थी; मैं राधिका में उतरते भय को देख रहा था।

मैं उसकी निराशा से बहुत दुःखी था। लेकिन मुझे मालूम था कि जब जीने की दृढ़ इच्छाशक्ति हो तो किसी भी तरह की बीमारी से लड़ा जा सकता है।

"राधिका, नियति कहीं बाहर से बनकर हमारे लिए रेडीमेड नहीं आती। यह हमसे पैदा होती है, हमारे विचारों से पैदा होती है, हमारी आकांक्षाओं से पैदा होती है, हमारे संकल्पों से पैदा होती है...इसी हाड़ मांस से पैदा होता है हमारा मुकद्दर...

हैव पेशेंस, कीप कूल; यह सब ठीक हो जाएगा। यह रिपोर्ट इतनी भी ख़राब नहीं है जैसा तुम मान रही हो।"

"नहीं यार! मैं कीमोथैरेपी नहीं कराना चाहती। मैं इसके 'साइड इफैक्ट' को नहीं झेल पाऊंगी।"

"लेकिन राधिका, कीमोथैरपी की बात ही कहां है। डॉक्टर ख़ुद ही बोल रहा है सब कुछ बेनाइन है और तुम कीमो को लेकर बैठ गई। वास्तव में यह तुम्हारे दिमाग का नाहक परेशान करने वाला तन्तु है जो तुम्हें आगे की अनर्गल बातें सोचने को मजबूर कर रहा है। ऐसा कुछ भी नहीं होगा। दरअसल तुम तो बीमार हो ही नहीं। बीमार व्यक्ति इतना 'पेशेंट', इतना 'केयरिंग' और इतना 'एनरजेटिक' हो ही नहीं सकता।" मैंने उसे ढांढस बंधाते हुए बड़े ही प्रेम से समझाया।

हालांकि राधिका की इस निराशावादी सोच से मेरे मन में आया कि एक थप्पड़ मारकर पूछूं कि तुम मरने का सोच भी कैसे सकती हो! कभी तुमने सोचा कि अगर तुम मर जाओगी तो मेरा क्या होगा। तुम्हें पता है भी कि नहीं, तुम नहीं रही तो मैं जीते-जी मर जाऊंगा। लेकिन जिस प्रकार आज दोनों सशंकित हो गए थे, वह बड़ा ही डरावना था, हम दोनों के लिए। अगर सचमुच ऐसा कुछ हुआ तो!

राधिका सोच रही थी- अभी-अभी तो उसे जीवन की ख़ुशियां मिली थी। अभी तो उसने जाना था कि प्यार क्या होता है। किसी से आलिंगनबद्ध होने का क्या सुख है। किसी से मिलकर घंटों बातें करते-करते कैसे वक़्त कट जाता है। आख़िर कौन-सी उपयोगी बातें होती रहती है, पता नहीं फिर भी ख़त्म न होने वाला यह सिलसिला कितना सुखद होता है।

बालों में हाथ फेरने, होंठों को छूने और छाती पर सिर रखकर सोने का कैसा अनिर्वचनीय आनंद है। बरसों से देखे ख़्वाब अब पूरे हो रहे थे मगर अब अचानक यह शरीर कहता है साथ नहीं दूंगा। अरे, अहसान फ़रामोश! अभी ही तो तुझे सुख मिला, प्यार से बांहों में लिपट जाना। बालों को सहलाना। एक-दूसरे के चेहरे को तकते रहना। आँखों में खो जाना। हर अंग की तड़प को मिटाया। और यही शरीर अब कहता है कि नहीं और नहीं ढो सकता इस आत्मा को।

लेकिन राधिका ने मेरे द्वारा कभी चर्चा में आई दर्शन की बातों से संबल पाते हुए यह भी सोचा कि अविश्वसनीय देह की आत्मा तो समृद्ध हुई। जीने की सार्थकता का जो आध्यात्मिक पहलू है वह कहीं न कहीं इस प्रेम में पल्लवित हुआ। आत्मा पहले की अपेक्षा सबल हुई...तृप्त हुई।

यह जीने की इच्छा सर्वथा मौलिक और गहनतम है। पहली इच्छा...आदिम इच्छा... नैसर्गिक इच्छा, यहां आत्मा की कोई तो सुनेगा। मेरी प्रार्थनाएं, मेरे सद्कर्म और मेरा पुण्य, अगर कुछ कमाए हों तो यही इस शरीर को बल देंगे।

"मैं अभी मरना नहीं चाहती।"

बोलते-बोलते राधिका फूट-फूटकर रोने लगी। मृत्यु का अचानक भय आ जाए तो कुछ समझ में नहीं आता।

"लेकिन तुमको मरने कौन दे रहा है! तुम मरोगी ही क्यों? वैसे भी हम लोगों ने 65-70 बरस तक ही साथ जीने की इच्छा रखी है। इतने में भगवान का क्या जाता है? लोग तो आज कल 80-90 बरस तक जीते हैं।" मैंने विश्वास के साथ कहा- "अगर कैंसर हुआ भी तो 20 बरस तो निकल ही जाते हैं। बस उसके आगे जीना भी किसे है।"

लेकिन आज हम दोनों के रोने का दिन था। आज बारिश कुछ ज़्यादा ही तेज़ बौछारों के साथ हो रही थी। आसमान में छाए बादल संगीत नहीं पनपा रहे थे, बल्कि किसी संगीन आशंका को सींच रहे थे।

प्रेम जब इतना बरस रहा था तो फिर ऐसे कुसंयोग कहां से छा रहे हैं जीवन में। मरना तो अभी नहीं ही है। पूजा-पाठ करेंगे। लोगों की निःस्वार्थ भाव से सेवा कर दुआएं बटोरेंगे। मंत्रों का जाप करेंगे। विज्ञान ने इतनी तरक्की कर ही ली है तो यह बीमारी शरीर को छोड़ेगी और धर्म में इतना बल तो है ही कि कुछ मोहलत अपने भक्तों को दे ही देगा।

सच में, मृत्यु धर्म के बहुत ही पास ले आती है। मृत्यु का भय आपको मानवीय बनाता है और आप ईश्वर और मनुष्यता दोनों के करीब पाते हैं स्वयं को।

एक घूँट चाँदनी

पूरे चाँद की रात थी।

चाँदनी रात अपनी मृदु रौशनी हर जगह छितरा रही थी।

मैं बिस्तर पर लेट अपनी खिड़की से बाहर का दृश्य देख रहा था।

कितनी सुहानी और लुभावनी होती हैं ऐसी रातें।

शायरों ने कितनी ग़ज़लें लिख डाली हैं इस मज़मून पर। हर किसी के दामन को कुछ न कुछ देती है यह चाँदनी।

उदास चेहरों पर भी मुस्कान की आभा बिखेरती चाँदनी।

मैंने भी इन रातों के कितने सपने देखे थे! अपनी प्रेयसी के साथ एकमेक होते ऐसे मनभावन दृश्यों के बीच।

यह चाँद जब पूरा होने को होता है तभी से समझो प्रेम हर जगह छाने लगता है।

लेकिन इस बार ऐसा नहीं है।

पिछले हफ़्ते ही मुझे हार्ट-अटैक हुआ। परिभाषाएं बदल गई हैं। अलक्षित-सी देह ही अचानक धुरी हो आई है।

समाज में पद, परिवार के सदस्यों की संख्या एवं कुछ गिने-चुने दोस्तों की व्यवहारकुशलता इत्यादि के कारण कल लोगों की भीड़ रही, हाल-चाल पूछने के लिए। सभी ने अच्छे स्वास्थ्य की कामना की तथा दुआएं भी मांगी। लोगों का हुजूम देखकर लग रहा था कि अकेलापन कहां है, यह सब तो मन का वहम है। मगर भीतर ही भीतर इतने दिनों के अकेलेपन ने शायद धीरे-धीरे दिल में जगह बना ली कि धमनियों में खून बहना बंद-सा हो गया था।

तभी तो यह हुआ।

क्या कहे इसे!

जर्जरता जाग रही

अवश्यम्भावी चेता रहा

पार्थिवता मचल रही

दिल का दौरा!

'एम आई'

'मायोकार्डियल इन्फ़ार्क्शन'

दिल ने ही तो विश्वासघात किया।

दिल का ही दोष रहा अब तक-

मगर ऐसा कैसे कहा जा सकता है!

दिल ने कितने सुनहरे पल भी दिए जीवन में! कितनी ख़ुशियां दीं! कितनी बार जीवन में ऐसा लगा कि कुछ और हो न हो दिल का धनी हो तो जीवन आबाद है!

इस दिल ने कई रिश्ते जोड़े थे मेरे जीवन में। कई बार दिल लगाया था यह सोचकर कि अब दिल ने सही जगह पाई है, और उसके दिल में भी जिस शख़्स ने जगह बनाई है, वही उसका हकदार है। अजीब-सी विडंबना और विस्मय की रात है।

राधिका का प्रेम है गगर राधिका आ नहीं सकती मिलने के लिए। यह कैसा प्रेम है जो लोक-लज्जा के परे नहीं जा पाता। यह कैसा अपनापन है जो सबसे अपना है, उसी से अलग रखता है! यह कैसी दुविधा है जो जीवन-मृत्यु के ऐसे क्षण में भी क्षण-भर के लिए भी अपने को सही दिशा नहीं दे पा रही है!

यह परम्परागत संबंधों को ढोने की कौन-सी विद्या है जिसने दिल को इतना विवश कर रखा है। राधिका! यह तुमने पांवों में कैसी पायल पहन रखी है, जिसकी

आवाज़ तुम्हारे चाहने वाले के दिल तक नहीं पहुंच पा रही है! यह माथे पर कैसी बिंदिया है जिसकी चमक मेरे अंधेरे को परास्त नहीं कर रही!

वे तुम्हारे हाथ जिससे तुमने मेरे चेहरे को न जाने कितनी बार छूकर कहा था कि सारी ख़ुशियां यहीं हैं, आज उन हाथों ने कौन-सी बेड़ियां पहन रखी हैं! यह मत कहना कि समाज ने पहनाई हैं- अब जिसे देखो अपनी कमज़ोरियों के लिए रीति-रिवाज, लोक-लज्जा और समाज को ही दोष देता रहता है!

तुम्हारी अपनी भी कोई ताकत होगी। उन हाथों में कुछ तो स्पंदना बची होगी। उन पांवों में कुछ तो बचा होगा जिसने तुम्हारे शरीर- जिसमें तुम्हारा दिल भी शामिल है- को आसरा दे रखा है। कुछ तो ताकत होगी तुम्हारे इस शरीर में जो दो-चार कदम चल सके। आख़िर जब दिल ने चाहा तो कितनी बार इस शरीर को सुख मिला था! कितनी बार शरीर की तड़प जब आहें भरती थी तो दिल ने हुंकार भर तुम्हें बंधनों के उल्लंघन के लिए समर्थ बनाया था!

आज यह शरीर इतना मजबूर हो गया? आज यह चाँदनी क्या तुम्हें मेरा वह प्रेम याद नहीं दिलाती। क्या चाँद की रोशनी कभी यह स्मरण नहीं कराती, राधिका! कभी तुम कहती थी कि तुम्हारी ज़िन्दगी की रौशनी मेरी आंखों से आती है। राधिका, मेरी वे आँखें बंद हो रही हैं। क्यों न आकर कुछ रौशनी अपनी करीबी से दे दो। अरे पगली! आ जाओ न! आकर एक घूँट चाँद ही समेट लो अपने आंचल में।

डॉक्टर पूर्णिमा जिस तरह हवा के एक झोंके से आई थी उसी तरह चली भी गई। पढ़ाई में एक नए मुक़ाम को छुआ जिसनें उसे कैरियर में नए सपने दिखाए। इस यात्रा में कोई एक हमसफ़र-सा उसे मिलता हुआ लग रहा है। यह उसकी दीर्घकालीन योजना थी। एक लम्बे समय का सपना हक़ीक़त में बदलने की उम्मीद थी। उसने अपना अलग रास्ता चुन लिया। ठीक ही किया उसने। उसके जीवन में स्थिरता एंव ख़शियां होनी ही चाहिए थी। वह इसकी हक़दार है।

देखो न! अब एक घूँट चाँदनी का भी हक़दार नहीं रहा कोई!

कादम्बरी की बेरुख़ी में वैमनस्यता तो नहीं है, न ही बेरहमी। लेकिन शायद कुछ भी नहीं है। सबसे पहला प्यार जीवन का, सबसे अच्छी दोस्त, फिर पत्नी। हमेशा

तो अच्छी ही रही है। बस उसकी ज़िद ने उन कुछ बातों को अब तक सीने से चिपटाए रखा है जो उसके लिए किसी रिश्तेदार ने बोली और वह भूली नहीं। पर उसके एवज में सारे प्यार के लम्हे भुला दिए गए। सारे वादे और समाज से लड़ने का परस्पर जज़्बा भी भुला दिया गया।

फ़ैज़ घुमड़ने लग पड़े-

मुझ से पहली सी मोहब्बत मिरी महबूब न माँग

मैं ने समझा था कि तू है तो दरख़्शाँ है हयात

तेरा ग़म है तो ग़म-ए-दहर का झगड़ा क्या है

तेरी सूरत से है आलम में बहारों को सबात

तेरी आँखों के सिवा दुनिया में रक्खा क्या है

लेकिन तुम तो इसी बात पर अड़ी रही -

"मुझसे पहली सी मोहब्बत मिरी महबूब न मांग।"

क्यों न मांगू- पता नहीं फ़ैज़ से किसी ने क्यों नहीं पूछा कि क्यों न मांगा जाए! कोई सियासती फ़रमान है, या पाबंदी, कि इससे ज़्यादा नहीं मिलेगी! क्या यह कोई दवा है जो एक्सपायर कर जाती है! क्या यह राशन की दुकान से लिया गया है कि इतना ही आपके कोटे का है! क्या इन्कम टैक्स वालों का डर कि कहीं 'डिसप्रपोश्निट एसेट' घोषित न कर दिया जाए!

अब देखो न कितनी कमी है ख़ुशियों की! और एक के हिस्से खूब हो तो कहीं-कहीं कमी तो हो ही जाएगी। प्यार के गागले में, यह दुनिया हमेशा से गरीब ही रही है। तभी तो यह हर युग में कुछ न कुछ पाबंदियां, पहरेदारी या परेशानियां ही प्रेम के रास्ते में रखती है।

लेकिन कादम्बरी, तुम्हारा प्रेम तो समाज से अनुदित है, अनुमोदित है। लोग तो यही अनुमान लगाएंगे कि अकुंठ प्रेम होगा। अभिलाषाएं, अविचलित, अटल होंगी। सपनों के पंख होंगे।

आज आकांक्षाएं असहाय-सी लग रही है। कुछ भी मांगो तो लगता है पागलपन है। जीवन भर असंभव ही मांगता रहा। इच्छाशक्ति को अनंत तक खींचता रहा। और जीवन-भर सिर्फ़ प्यार की ही कामना करता रहा, जो मिलता भी गया, और मिटता भी गया। प्रेम ने अपना सर्वोच्च भी दिया तो शेष को छीन भी लिया।

लेकिन आज तुम क्या हो कादम्बरी- मुझसे दूर या मेरे पास? चंद्र-ग्रहण है या जीवन का ग्रहण! प्रेम की चाँदनी है या सिर्फ़ कड़वाहटों की कड़क धूप!

तुमने किस अस्तित्व की कल्पना में दूरी बना ली है! कैसा जीवन सींच रही हो! अब तो यह दूरियां अकेलापन नहीं ला रही, अब यह उन सारी यादों को मिटा रही है जो कभी हमारी साझी सम्पदा थी। जब मिटा रही है तो कुछ भी बचा नहीं रह जाएगा। कुछ भी नहीं-

लेकिन देखो जब हमें बहुत प्यार था। याद करो वर्षों पहले की वह बातें। जब हम यूनिवर्सिटी के कैम्पस में चलते हुए कितनी बार दोहराते थे कि अगर हम साथ-साथ न हुए तो कुछ भी बचा नहीं रह जाएगा। हमारे जीवन में- कुछ भी नहीं जो जीने योग्य हो। कुछ भी नहीं-

और आज लगता है कि कुछ नहीं बचा रह गया हमारे बीच में- कुछ भी नहीं-

न मेरे और राधिका के बीच, न मेरे और कादम्बरी के बीच।

एक घूँट चाँदनी भी नहीं!

•••